Jair Vitória

Surpresas da vida

Ilustrações de Alexandre Segrégio

Coleção Jabuti

5ª edição
6ª tiragem
2014
Conforme a nova ortografia

Editora Saraiva

Editor: CLÁUDIA ABELING-SZABO
Assistente editorial: NAIR HITOMI KAYO
Suplemento de trabalho: DILETA A. D. FRANKLIN DE MATOS
Coordenação de revisão: PEDRO CUNHA JR.
LILIAN SEMENICHIN
Gerência de arte: NAIR DE MEDEIROS BARBOSA
Supervisão de arte: JOÃO BATISTA RIBEIRO FILHO
Diagramação: EDSEL MOREIRA GUIMARÃES
Produção gráfica: ROGÉRIO STRELCIUC
Impressão e acabamento: MARK PRESS BRASIL

Dados Internacionais de Catalogação na Publicação (CIP)
(Câmara Brasileira do Livro, SP, Brasil)

Vitória, Jair
Surpresas da vida — Jair Vitória ; ilustrações de Alexandre Segrégio. 5. ed. — São Paulo : Saraiva, 2005. — (Coleção Jabuti)

ISBN 978-85-02-02358-1
ISBN 978-85-02-02359-8 (professor)

1. Literatura infantojuvenil. I. Matias, Rodval. II. Título. III. Série.

97-3017 CDD-028.5

Índices para catálogo sistemático:
1. Literatura infantojuvenil 028.5
2. Literatura juvenil 028.5

Editora Saraiva

Rua Henrique Schaumann, 270 — Pinheiros
CEP 05413-010 — São Paulo — SP

SAC
0800-0117875
De 2ª a 6ª, das 8h30 às 19h30
www.editorasaraiva.com.br/contato

202366.005.006

Jair Vitória

Coleção Jabuti

Surpresas da vida

Ilustrações de Alexandre Segrégio

Editora Saraiva

Apreciando a Leitura

Bate-papo inicial

A vida nos reserva muitas surpresas que, frequentemente, nos desnorteiam, nos fazem hesitar quanto ao rumo a seguir, depois que elas, como um vendaval, mudam nossos caminhos. Nesse contínuo abrir e fechar de portas, algumas pessoas deixam de fazer parte de nossas vidas; outras, sem que esperemos, passam a povoar nosso dia a dia.

Com Heliel, isso também ocorreu, turbando sua tranquilidade, dificultando seus julgamentos, abalando seus afetos.

Analisando o texto

1. Heliel é o personagem central de nossa história. Fale um pouco sobre ele.

R.: ____

____

2. Diversos personagens povoam o pequeno mundo de Heliel. Diga quem são:

Hosana: ____________________

Helena: ____________________

Corcira: ____________________

Anália: ____________________

Agenor: ____________________

José Francisco: ____________________

Henrique: ____________________

3. *Lupus*, em latim, quer dizer "lobo".

a) Na sua opinião, por que o autor teria dado o nome Lupiano ao padrasto de Heliel?

R.: ____________________

b) Há um trecho do livro que explica o porquê de Heliel associar seu padrasto ao animal. Localize-o.

R.: ____________________

c) Considerando o final do livro, a que você atribui essa associação?

R.: ____________________

4. O livro todo é construído a partir da ótica do garoto, isto é, os fatos são narrados da maneira como ele os entende. Importa como ele vê o mundo e como interpreta o que lhe acontece.

a) "Ficou observando o restinho da pintura avermelhada do crepúsculo que era engolida pela noite."

b) "O sábado amanheceu com beleza por todos os lados. O céu de chapéu azul e a natureza de vestido verde."

c) "E a noite passou chorosa de chuva."

Agora, reescreva esses fragmentos usando a linguagem cotidiana — as palavras com o sentido do dicionário apenas — para transmitir as mesmas ideias do autor. Observe qual a maneira mais expressiva.

R.: ____

____

____

____

____

____

9. Num diálogo, quando queremos apresentar as falas dos personagens, não devemos usar sempre os mesmos verbos (disse, respondeu, perguntou...). Devemos procurar escolher outros verbos que deem mais movimento à narrativa, como esbravejou, gemeu, gritou, acrescentou, prometeu, concluiu, corrigiu, espantou-se... Observe:

"— Eu monto, sim — *retrucou* o garoto, com voz trêmula."

"— Se cair, a terra está fofa — *tranquilizou* Guanambi, procurando acalmar o garoto."

Complete as orações abaixo, usando o verbo que lhe pareça mais adequado a cada situação. Acrescente uma explicação que permita a seu leitor recriar o diálogo.

a) — Gostou do verão, Heli? — ____________________ a mãe, ____________________.

— Gostei — ____________________ o garoto, ____________________.

b) — Seu padrasto é bom, Heliel? — ____________________ Zé Francisco, ____________________.

— O diabo — ____________________ Heliel, ____________________.

— Por quê? Já bateu em você? — ____________________ o menino, ____________________.

— Se me bater, eu mato ele! — ____________________ Heliel, ____________________.

10. Observe:

"— Sua mãe vai querer você aqui para ajudar *ela* — disse o tio." (Linguagem cotidiana, uso coloquial do pronome oblíquo.)

"— O menino ficou desapontado. Esperava que o tio *o* levasse de imediato." (Linguagem formal, uso do pronome de acordo com a norma culta.)

Reescreva as frases abaixo, de acordo com a norma culta.

a) — Quando eu crescer, vou matar ele.

R.: ____

b) — Você não pode xingar ele, não!

R.: ____

c) — Seu Lupiano ajuda a gente.

R.: ____

d) — O que foi? Tá me olhando que nem foi mordido de cobra!

R.: ____

e) — Você vai na igreja?

R.: ____

11. Heliel e sua irmã decoram alguns poemas para apresentá-los durante a festa de conclusão da quarta série.

a) A estrofe que Heliel estava decorando no fundo do quintal pertence a um poema chamado "Canção do exílio", de Gonçalves Dias. Procure o poema todo e traga-o para ser lido, com bastante expressão, aos seus colegas de classe.

b) O poema de Gonçalves Dias tornou-se muito popular e inspirou várias outras "canções do exílio", como o "Canto de regresso à pátria", de Oswald de Andrade; "Canção do exílio, meu lar", de Casimiro de Abreu; "Uma canção", de Mário Quintana; "Nova canção do exílio", de Carlos Drummond de Andrade; "Canção do exílio", de Murilo Mendes; "Canção do exílio facilitada", de José Paulo Paes. Nesses casos, os autores dialogam com o poema original, sem o qual, muitas vezes, não conseguiríamos entender a mensagem que nos é transmitida.

Procure, na biblioteca de sua escola ou na internet, algum desses poemas e traga-o para ser lido a seus colegas.

Dedico esta história aos meninos que conheci na minha infância e adolescência e que perderam o pai.

1

Quando o menino se aproximou de casa, os cachorros perceberam, levantaram-se, rusgaram e foram ao seu encontro.

— Sultão, Ferinha — chamou os cachorros, estalando os dedos.

Afagou a cabeça dos animais amigos e conversou com eles naquela linguagem bem dele. Sempre acontecia aquela cena quando o menino voltava da escola e o sol ia baixinho. Ele gostava de todos os animais do sítio, mas os cães eram amigos e companheiros mais próximos que os outros.

O menino entrou na sala e olhou com desconfiança para o homem sentado na cadeira de palha. Achou que aquele homem tinha olhos de lobo. Daqueles lobos que ele tinha visto no cinema. O homem olhou para ele, e o menino tirou os olhos depressa daquela figura grandalhona. O homem disse:

— Boa tarde, Heliel.

— Tarde.

O menino respondeu ao cumprimento do homem e, sem olhar outra vez para ele, entrou no quarto. Colocou a pasta escolar sobre a cama. Tirou o uniforme, vestiu uma roupa mais grossa e achou que não queria passar perto daquele homem. Tentou caminhar depressa na passagem pela sala. A mãe ou as irmãs já devem ter falado sobre ele para aquele homem que o tinha chamado pelo nome. Sentiu-se meio aborrecido com isso. Passou pela sala quase correndo e entrou na cozinha. A mãe preparava o jantar. Parou um pouquinho e disse:

— Heliel, vem conhecer o Lupiano.

Ele não queria, mas tinha de obedecer. A mãe o levou para a sala, e o homem apertou a mão dele.

— É um meninão forte.

— E trabalhador que só ele.

Heliel não gostou nem do elogio da mãe e nem do do homem. É, o homem tinha sim olhos daqueles lobos que ele tinha

visto num filme com neve. Procurou se afastar dali o mais depressa possível. Foi para o quintal e encontrou as irmãs. Desconfiado, perguntou à irmã mais velha:

— Helena, quem é aquele homem?

— Namorado da mamãe.

Hosana, a irmã mais nova, ficou olhando para ele. Notou que o irmão tinha feito uma cara de poucos amigos. A mãe estava de novo tentando arrumar um homem para ela, e disso ele não gostava. E principalmente daquele com olhos de lobo da neve é que ele não tinha gostado mesmo.

— Namorado da mamãe? Ih!

Tomara que não dê nada certo. Tomara que aquele homem vá embora e não apareça mais. Por que a mãe tinha de arranjar namorado, ou mesmo arranjar um homem para viver com ela? Eles davam conta muito bem de tocar o sitiozinho e cuidar dos animais.

— Não gostou da cara dele, Heliel? — Helena perguntou.

— Cara de lobo...

Disse e caminhou para o chiqueiro dos porcos. A mãe costumava engordar porcos e vender para o açougue. Criava também porcos magros. Depois de chegar da escola, o menino descascava espigas de milho para os porcos de engorda e jogava as com palha para os magros do mangueiro. Quebrava as espigas com palha e ia jogando e gritando.

Estava descascando espigas de milho quando o homem chegou ao paiol.

— Vim te ajudar, peãozinho.

Heliel levou um susto com aquela voz grossa atrás dele e estremeceu. Achou enjoativa a presença daquele homem. Preferia estar ali sozinho, pensando nas coisas da vida.

— Como vai a escola?

— Bem.

Não queria conversar com aquele homem. Sentia que ele era um grande intruso ali no sítio, que ele podia estar chegando para tomar o lugar do pai. Tinha até vontade de chorar quando recordava a figura do pai. E aquele homem ali perguntando pelos porcos e pelos outros animais! Tinha de responder, e as palavras saíam pesadas, doloridas.

— Porco piau assim é bom de engorda. E o preto também.

O homem jogava milho para os porcos e continuava conversando. Mas logo que pôde, o menino se afastou dele e caminhou para o lado dos currais. Não sentia nenhuma simpatia pelo tal namorado da mãe. Depois que o pai morreu, a mãe já tinha vivido com dois homens. Do primeiro, ele até tinha gostado um pouco, mas uma noite ele foi embora com algum dinheiro deles.

Na certa queria outras aventuras. Do segundo, ele não gostou nada. Só queria ficar no povoado jogando sinuca e não ligava para o sítio. Gostava de ficar pescando no córrego ou deitado na rede no alpendre. Mal ordenhava as três ou quatro vacas. Entretanto, era bonachão e não implicava com ele. Só que era mulherengo, e a mãe não aguentou. Ia para as farras e passava a noite por lá. Um dia, a mãe o mandou embora, e ele disse que ia para São Paulo trabalhar numa fábrica.

Agora estava chegando outro homem para a mãe. Como era mesmo o nome desse novo namorado dela? Nome estranho! Se ele fosse maior, iria mandar aquele homem embora dali. Estava somente com dez anos e não podia fazer nada. Quem mandava nele era a mãe. Achou que devia perguntar à mãe o porquê de ela estar arranjando aquele homem com aqueles olhos. Uma hora ia juntar coragem o bastante para entrar nesse assunto com ela. Aquele homem podia ser mais um aproveitador. Um namorado que podia vender os quatro porcos que engordavam e sumir com o dinheiro. Podia vender até as vacas. Aqueles olhos dele davam uma impressão danada de ruim.

— Heliel, vem jantar.

A mãe saiu no terreiro e o chamou. Se pudesse, não iria, pois, na certa, teria de jantar perto daquele homem. Mas estava com fome, e a mãe tinha feito pele de porco frita, de que ele gostava muito.

Na cozinha havia uma mesa de tábua de sucupira grossa. O homem já estava sentado com os braços sobre ela quando o menino se aproximou. A mãe parecia alegre, pois se mostrava sorridente. As irmãs estavam caladas. Heliel observou que a mãe fazia questão de servir ao homem com simpatia.

— Pode se servir, Lupiano.

Na voz da mãe havia uma suavidade carinhosa. Encontrou os olhos daquele homem nos olhos dele e sentiu vontade de mandá-lo embora. Aquela casa não era dele e ele nem devia estar ali. A mãe não devia conversar com aquele homem com toda aquela denguice. Ela parecia se derreter, ficar toda melosa, e o menino achava aquilo muito ruim. Observou que, ao servir pele de porco frita ao homem, ela tocou no braço dele. O pai nunca ia gostar daquilo. Será que aquele homem ia pousar ali? Isso ia ser mais desagradável ainda. Mas o homem terminou de jantar e disse:

— Já vou indo, Corcira. Acho que vai chover logo.

— Por que não pousa, Lupiano?

— Depois...

Heliel escutou isso e pediu a Deus que levasse aquele homem logo. Já escurecia quando ele foi saindo, e a mãe o acompanhou. O menino foi para o quarto e olhou pela janela que dava para o pôr do sol e ficou observando o restinho da pintura avermelhada do crepúsculo que era engolida pela noite. Observou que a mãe demorava para voltar. E quando entrou em casa novamente, havia no rosto dela uma claridade de alegria. Devia ser porque ela estava namorando aquele homem que tinha olhos de lobo da neve. Ela não devia saber que o menino queria que o homem não voltasse mais.

— O Lupiano vem amanhã, mãe? — Helena perguntou.

— Vem. Ele vem trabalhar aqui...

Ora, então talvez ele não fosse namorado da mãe e, sim, um peão que ia trabalhar no sítio. Queria perguntar isso à mãe, mas não teve coragem. Se perguntasse, talvez pudesse cair numa espécie de azar que ele não conseguia entender. Talvez fosse o azar de aquele homem ser mesmo namorado da mãe e estar se preparando para ir morar ali no sítio.

2

Era novembro, e o tempo engordava as mangas e fertilizava o amadurecimento daquelas frutas com o derramar das chuvas. A natureza e as lavouras tinham a saúde e a beleza da primavera. Corcira era viúva e trabalhava arduamente nos vinte hectares de terra do sítio. Ela própria ordenhava as vacas. Naqueles dias, estava tirando leite de quatro vacas. Heliel ajudava. Pulava bem cedo da cama, chamado pela mãe. Ele preferia continuar trabalhando muito sem que a mãe inventasse de arranjar um homem. Naquela noite, ele foi para a cama pensando nisso. O homem dos olhos de lobo da neve não parecia ser somente um peão que ia trabalhar no sítio. Se fosse apenas um peão, ele podia ter ido dormir no paiol. Era bom que a mãe não inventasse de fazer daquele homem um novo marido. A alma do pai não ia gostar nada disso.

Lá fora, o vento provocou tremura nas folhas das mangueiras; trovejou e logo depois a chuva começou a sapatear no telhado. O homem já devia ter percorrido os quase três quilômetros de estrada entre o sítio e Aldeota. Onde devia estar agora? Só sabia que não tinha gostado dele. Era um inimigo. Queria pensar mais, mas dormiu, e a noite passou chorosa de chuva.

— Heliel!

Era a voz da mãe funcionando como um despertador.

— Senhora, mãe.

— É hora.

As irmãs também levantavam cedo. Estudavam de manhã.

Quando o menino se envolveu por inteiro na realidade do dia, a primeira coisa de que se lembrou foi daquele homem. Saiu pela porta da cozinha e lavou o rosto. Ainda caía um sereninho. A mãe já caminhava para os currais, e ele a seguiu. Havia lama e estava escorregadio.

— Pitanga — a mãe chamou uma vaca e soltou uma bezerrinha.

— Pavuna — o menino chamou outra vaca e soltou um bezerro.

Tirar leite da Pavuna era bom. Aquela vaca tinha as tetas macias. Enquanto tiravam o leite, Helena preparava o café. Hosana levou um pouco de leite para ferver. Heliel tirou o leite só da Pavuna e foi pegar os animais de sela: o cavalo Bangüê e a égua Baiona. O leite era levado para Aldeota no cavalo ou na égua. Às vezes, as irmãs iam montadas no cavalo carregando o leite enquanto ele ia a pé. Em Aldeota, as irmãs iam para a escola, e ele entregava os litros de leite nas casas e voltava para o sítio. Heliel estudava à tarde.

Naquele dia, ele estava preocupado com aquele homem que tinha olhos de lobo do cinema. O menino achava que não devia perguntar mais nada sobre o homem, porque isso dava aquele azar inexplicável.

— Helena — ia perguntar se ela achava que aquele homem tinha olhos de lobo do cinema, mas se arrependeu —, será que você vai passar em primeiro lugar? Hem?

— Sei lá, Heliel.

O córrego estava cheio, quase tocando a ponte de madeira, mas já não serenava mais e as nuvens abriam espaços que mostravam retalhos do céu. Já iam chegando a Aldeota quando o menino levou um susto. O homem caminhava, na certa para a casa dele. Aqueles olhos...

— Cuidado com a estrada cheia de lama, meninos — foi o que o homem disse.

Heliel não parou a égua, e o homem deu balinhas para as irmãs. O potrinho que acompanhava a égua passou num trote quase a galope, escorregando.

— O Heliel não quer bala doce? — o homem perguntou.

Helena disse:

— Ele tá com pressa pra entregar o leite.

Aquele homem já estava indo para o sítio e aquilo causava um mal-estar no sentimento. Ele não era somente um peão. As irmãs tocaram o cavalo, e Heliel esperou na entrada do povoado.

— Ele mandou essas balinhas pra você, Heliel.

— Quero nada disso, não.

Hosana já estava com o braço direito estendido, mas o menino recusou a oferta. Tocou a égua e foi entregar os litros de leite, que eram carregados numa mala de saco de algodão tipo alforje. Corcira tinha costurado as divisões para os litros de leite. Iam três ou quatro litros de leite de cada lado do animal. Além de vender leite, ela também fazia doce para os bares.

O menino entregou o leite e não sentiu muita vontade de voltar para casa. Tocou a égua de volta, meio amolado da vida. O sol começava a esquentar, e os cachorros o receberam com alegria.

— Sultão.

Ferinha chegou mais devagar, carregando a barriga bem grande. Será que o homem estava lá dentro da casa? Soltou o cavalo e caminhou com desconfiança, investigando os arredores. Por ele, não ia perguntar. Observou que a mãe estava com o rosto mais luminoso e os olhos brilhavam mais. Entregou-lhe o dinheiro do leite e foi para o quintal. Descobriu o homem trabalhando na enxada, capinando o trecho de arroz plantado perto do córrego. Ele devia trabalhar capinando um pouco, antes de almoçar e sair para a escola, mas agora estava desapontado. Até gostava de capinar limpando o arroz, mas naquele momento perdeu todo o ânimo. Zanzou pelo quintal embromando o tempo e foi ver se encontrava a primeira manga madura. Se encontrasse, levaria para a professora Anália, que tinha os olhos sombreados e bonitos e ensinava bem. Quando crescesse, queria casar com uma mulher como a professora Anália, que usava um perfume cheiroso e um batom vermelho que a deixava mais bonita. Resolveu ir para o quarto. Pegou o caderno de geografia e começou a estudar as estradas de ferro do estado de São Paulo.

"Pirajuí, Avaí, Cafelândia, Lins, Promissão..."

— Essa vai para os lados de Mato Grosso.

"Araraquara, Matão, Catanduva, Uchoa, São José do Rio Preto, Votuporanga, Fernandópolis..."

— Essa também vai para os lados de Mato Grosso. Tio Agenor mora em Três Lagoas. Eu queria ir lá.

Tio Agenor era irmão da mãe. Tinha aparecido ali no sítio somente duas vezes, e antes de se mudar para a região de Três Lagoas. Deixou de lado as estradas de ferro do estado de São Paulo e começou a pensar nos tios. Tio Bino e tio Olécio eram irmãos do pai e moravam do outro lado do Rio Grande, no Triângulo Mineiro, na região de Uberaba. Gostava mais do tio Olécio, mas tio Bino era bom também. Estava com saudade deles e dos primos. Tinha outros tios e tias, mas sentia mais ligação com aqueles.

Quando chegou a hora do almoço, a mãe foi chamar o homem dos olhos de lobo da neve. O menino observou que os dois vinham conversando. A mãe sorridente e o homem tagarela. Ele já estava almoçando, e quando a mãe e o homem iam entrar na cozinha, decidiu que não queria ficar ali. Caminhou depressa e foi comer no quarto. Agora o homem estava na cozinha e o menino achava que um estranho não devia ter aquela intimidade. Aquela casa não era dele. E por que a mãe conversava com aquele homem tão alegre daquele jeito?

Acabou de comer, vestiu o uniforme e calçou o par de botinas pretas. O prato vazio ainda estava ali no quarto. Foi à cozinha rapidamente e colocou o prato em cima da mesa. A mãe e o homem almoçavam na área externa e conversavam. O homem dava sugestões sobre coisas que podiam ser melhoradas no sítio. O menino sentiu que aquele homem ia, sim, morar com a mãe e experimentou uma pontada de revolta no coração. Por que contra os outros dois com os quais a mãe tinha morado ele não sentira toda aquela revolta? Voltou para o quarto e pegou a pasta preta com o material escolar. Decidiu que ia a pé para a escola. Alguns colegas passavam ali na frente da casa dele indo para a escola e, às vezes, iam juntos. Havia os dois meninos com cara de japonês, Reinaldo e Roberto, e a irmã deles, Rosa, e o moreno José Francisco, que era órfão de pai e tinha um padrasto. Havia também a menina Mariana, que era branquinha sardenta. Nunca estava sozinho.

— Mãe, já vou. Vou a pé.

— Não quer ir na Baiona, Heliel? Pelo menos pra ir. As meninas puxam ela de volta.

— Não, senhora. Quero ir a pé.

Saiu de casa mais cedo que de costume. Aquele homem ia ficar sozinho com a mãe. Aquele homem...

O menino estava aborrecido. Podia ficar logo ali, na frente da casa, debaixo de uma paineira, esperando os colegas que moravam um pouco para cima. Parou um pouquinho. Pegou cinco bolinhas de gude do bolso, espalhou-as sobre o capim e começou a brincar de bistrinco. Jogava uma bolinha contra as outras com o polegar direito. Logo depois decidiu caminhar. Pelo caminho não conseguia esquecer aquele homem dos olhos de lobo da neve que tinha visto no cinema. Chegou ao córrego e parou na ponte. A água estava suja, mas já tinha abaixado. Quando a água estava suja daquele jeito, era muito bom para pescar bagre. E ele gostava muito de pescar aquele peixe. Tinha até dado o nome de Bagre ao potrinho da égua Baiona. Encostou numa árvore que chamavam de açoita-cavalo e observou as formigas caminhando por um galho. Estava ali concentrado no que a mãe e o homem podiam estar fazendo quando José Francisco gritou:

— Olha ali o montador de bezerro que monta pra cair, turma.

— E tem biloca aí pra gente ganhar, Heliel? — Reinaldo Kioto perguntou.

— Tenho biloca pra ganhar mais de vocês.

Esqueceu a mãe e o homem por algum tempo e se juntou aos colegas de escola. José Francisco era seu amigo, sim.

3

De longe, viu as irmãs saindo da escola. Pensou que em casa elas podiam vigiar a mãe e aquele homem. Achou também que ele, que ia completar onze anos somente no dia vinte e cinco de fevereiro, podia mandar aquele homem embora do sítio. Isto é, se ele fosse mesmo tentar morar com a mãe feito marido. Achou que a professora Anália estava ainda mais bonita naquele dia. Como podia existir uma moça tão bonita como aquela? Ela parou ali ao lado dele para dar o visto no exercício sobre algarismos romanos e ele aspirou o seu perfume. Sentiu até o respirar dela no cabelo. Meu Deus, como uma moça podia ter um cheiro tão gostoso como aquele? Professora Anália era a mulher mais bonita do mundo. A fala dela era uma coisa que enchia a audição de melodia. Será que ele ia achar uma moça como a professora Anália para casar com ele quando virasse homem?

— O Heliel é um menino inteligente.

Ela disse, e José Francisco falou num tom de gozação:

— E trabalhador, dona Anália. Puxa enxada, tira leite das vacas, monta em bezerro e cai com a cara no chão.

— Com a cara no estrume — Reinaldo Kioto disse.

Heliel não disse nada. A vida parecia demorar a passar,

porque naquele momento ele queria ser um moço de vinte anos. Primeiro, para mandar aquele homem embora do sítio; segundo, para casar com a professora Anália. Se ele tivesse vinte anos, diria à professora que tinha um sítio com vacas e porcos e podiam se casar. Ela continuaria lecionando. Ele ficaria cuidando do sítio. Podiam morar em Aldeota. E, naquele instante, dona Anália estava de pé, lá na frente. Aqueles olhos sombreados pareciam feitos de mágica, e o menino olhava e estremecia. Como é que Deus podia fazer uma mulher tão bonita como a professora Anália? Aquela pele de pitanga onde a chuva cai e desliza.

Voltou a pé com os colegas naquelas brincadeiras de meninos. Toda uma turminha alegre. A menina Maria Carla disse:

— A Mariana quer namorar o Heliel.

— Tá apaixonadinha da silva — o pretinho João Paulo disse.

— Vão casar em janeiro — Reinaldo Kioto emendou.

— É cada besta que parece burro — disse Heliel.

Pouco depois, Maria Carla pegou uma trilha para o lado do córrego e foi para a casinha dela. Heliel seguiu com o resto. Daí os companheiros seguiram e ele caminhou para casa, pensando no homem. E lá estava ele com os cachorros ali perto. Sultão e Ferinha bem podiam atacar aquele homem, mas já tinham se tornado amigos dele. O homem estava no terreiro colocando um cabo numa enxada. Cortou volta e não passou perto dele. Entrou no quarto, colocou a pasta escolar sobre a mesa e tirou o uniforme. Saiu do quarto e foi procurar no rosto da mãe alguma novidade.

— Tá com fome, Heli?

— Um pouco.

— Pode jantar. O Lupe já apartou os bezerros e tratou dos porcos. Já arrumou as coisas.

Não gostou nada de ter ouvido isso. Quem apartava os bezerros era a própria mãe ou as irmãs. Os bezerros precisavam ser apartados mais cedo para que as vacas dessem mais leite e assim não podiam esperar por ele. Só que ele achava que aquele homem não podia ter feito aquilo; nem devia. A mãe tinha chamado o homem de Lupe. O nome que ele tinha ouvido era mais longo, mas não conseguia se lembrar agora. Pouco depois o homem entrou na cozinha e perguntou:

— Como vai a escola, Heliel?

— É, sei lá... Mais ou menos...

A mãe foi jantar ao lado do homem naquela área externa ao lado da cozinha, e o menino deu uma olhadinha pela janela. Bebeu água e foi para o terreiro da sala onde as irmãs brincavam com uma peteca.

— Você não pode jogar peteca agora não, Heliel. Acabou de jantar — disse Helena.

O menino olhou para a irmã e sentou-se numa tábua pregada em dois tocos que formava um banco. Nem queria jogar peteca. Queria, sim, ouvir o que a mãe e o homem estavam conversando. Será que estavam conversando sobre morarem juntos? Hosana parou de bater na peteca e caminhou para o irmão:

— A mamãe tá namorando.

Heliel fez uma carranca de muitos inimigos e tremeu a cabeça. Helena apanhava a peteca que tinha caído.

— O que a Hosana falou, Heliel?

— Sei lá.

— Falei que a mamãe tá namorando.

Hosana disse em voz baixa, e Heliel levantou e foi para o quarto. Aquele homem haveria de se ver com ele. Ele só precisava de coragem para enfrentar aquele homem e dizer: "Pode ir embora daqui do sítio do meu pai e meu. Pode sumir daqui. O senhor não tem nada aqui".

No quarto, ficou ensaiando sentenças mais ou menos assim. Depois, foi à cozinha. Lá estava o homem conversando com a mãe. Sujeito impostor. Quem tinha dado ordem para ele ficar ali na cozinha conversando com a mãe com toda aquela intimidade? E a mãe ria. E já estava na hora daquele homem ir embora. Nem no paiol, nem na varanda onde guardavam ferramentas e tralhas dos animais o menino queria que aquele homem dormisse. Ele não devia nem ficar no sítio. Mas lá estava a mãe arrumando a cama para o homem no quarto dos hóspedes.

— Hoje você dorme aqui, Lupe...

A mãe disse num tom carinhoso, como a dizer que depois ele ia poder dormir no quarto dela, com ela. O menino teve ódio disso e foi dormir mais aborrecido ainda.

Lupiano foi o primeiro a se levantar no dia seguinte, e quando a mãe chamou o menino, o homem já estava cantarolando no terreiro. Heliel pulou da cama e foi para o terreiro e odiou ver o homem lidando com as vacas.

— Pavuna, vamos.

Aquele cachorro atrevido devia estar indo tirar o leite da Pavuna, a vaca dele, das tetas macias. O menino correu e gritou:

— Quem tira leite da Pavuna sou eu. Ela é minha. Meu pai que me deu. Só eu que tiro o leite dela.

— Tá bom, Heliel. Vem tirar.

Não tinha passado água no rosto ainda, mas correu e foi tirar o leite daquela vaca. Só que trabalhar com aquele homem no curral não estava nada agradável. E lá vinha a mãe com o caldeirão para pegar o leite.

— Põe um pouco aqui pra ferver, Lupe.

O homem acabava de tirar o leite da Pitanga.

— Todas bem mansinhas, né, Cira?

— Eu não falei que eram? Umas cadelas de mansas.

O menino estava ordenhando a Pavuna. Parou com o serviço e se levantou. Aquele homem tinha chamado a mãe de Cira? Sujeito maldito! Somente o pai tinha tido o direito de chamar a mãe dele de Cira. Será que a própria mãe tinha falado que o pai dele a chamava por aquele apelido carinhoso? Como é que o homem tinha descoberto isso?

— É bom ir pegar os animais, Heliel.

— Já vou, mãe.

Queria mesmo sair dali dos currais para não ficar perto daquele homem. Pisou no capim orvalhado e tocou os animais para o curral. E outra vez vinha o homem para ajudar. Enquanto o pequeno estava arreando a égua, o homem selou o cavalo.

— Gosta mais da égua ou do cavalo, Heliel?

— Da égua...

— Por quê?

— Ela tem o Bagre. O potrinho.

— Você é quem vai amansar ele?

— É. Meu pai ia mandar...

O homem não tinha nada que estar perguntando sobre os animais de montaria. Devia, sim, ir puxar enxada. Não devia passar de um peão do mundo. O menino pensava mais ou menos assim. Queria ficar longe dele.

4

O menino estava inconformado. Não queria porque não queria aquele homem no sítio. Tinha receio dos olhos dele. Estava carrancudo e, quando saiu da escola naquela sexta-feira, foi correndo na frente dos colegas. Não esperou ninguém. Achava que estava indo depressa para mandar o homem embora do sítio. E a molecada também torrava a paciência com aquele negócio de dizer que a Mariana era namorada dele.

Chegou ao sítio com o rosto vermelho, suado. A mãe e o homem estavam no curral olhando um cavalo castanho-alazão. Aquela faixa branca bonita na testa. E conversavam. Ele ficou olhando entre duas tábuas da porteira, sem ser visto. Daí a mãe pegou a mão esquerda do homem e o beijou nos lábios. O menino, que estava agachado, sentiu um falseio no pé direito e sentou-se. Tremeu e rangeu os dentes. Levantou depressa e correu para casa.

Helena lavava umas vasilhas num jirau. Ele parou com os olhos arregalados. Queria contar, mas não queria.

— O que foi, Heliel? Tá me olhando que nem mordido de cobra!

— Que cavalo é aquele?

— A mamãe que comprou. O nome dele é Verão.

— Quem falou?

— Eu que sei. A mamãe comprou do Chico Albino.

— Foi a mamãe ou aquele homem?

— Sei lá, Heli. Pode ser que ele pediu a mamãe pra comprar...

Será que ele já estava mandando na mãe dele? Desceu pelo caminho do meio do quintal e foi parar lá no fundo. Parou debaixo de uma mangueira e pensou no beijo que tinha visto a mãe dar nos lábios do homem. Agora ele queria brigar com aquele homem. Um sujeito do inferno que tinha chegado ali no sítio para tomar a mãe dele. E na certa ia querer mandar em tudo. Tomar as coisas deles. Isso não podia acontecer. Tio Olécio podia aparecer. Os dois podiam mandar aquele homem sumir dali do sítio. Olhou para as mangas. Lembrou-se de que a primeira que encontrasse madura ia levar para a professora Anália. A professora deixava a cabecinha dele cheia de coisas bonitas. Mas ele não passava de um menino, e ela, moça feita e educada. Ah, o que tinha tudo isso a ver com o que ele estava sentindo? A primeira manga madura do sítio ia ser dela, sim. Era uma forma de carinho. Mas voltou a pensar no cavalo. Queria ver o animal de perto, alisar o pelo dele, chamá-lo pelo nome. Resolveu enfrentar a situação.

Chegando ao terreiro da cozinha, levou outro choque. A mãe voltava do curral puxando o homem pela mão direita.

— Heliel, vai ver o alazão que a gente comprou. O nome dele é Verão. Mansinho que nem o Bangüê.

O menino caminhou para o curral com aquela desconfiança de que a mãe tinha comprado aquele cavalo, mas mandada pelo homem. Talvez tivesse até comprado o cavalo para dar de presente ao homem.

— Verão.

Chamou o animal, que levantou a cabeça. Era um cavalo bonito, mas o menino sentiu uma pontinha de antipatia por ele. Examinou os olhos do animal para comparar com os olhos do homem. Eram parecidos? Achava que sim.

— Verão.

Depois de chamar o cavalo mais uma vez, aproximou-se dele. Verão não moveu um passo, e o menino tocou o pescoço dele. Alisou o pelo. Era manso realmente. Se tivesse o jeito do homem, não haveria de ser manso.

Escurecia, e o menino viu a mãe e o homem de mãos dadas no alpendre da cozinha. Estavam namorando mesmo. Parou e recuou. Ia entrar em casa pela porta da cozinha, mas resolveu não passar perto daqueles dois. Entrou pela porta da sala e foi para o quarto. Queria conversar com as irmãs, principalmente com Helena, mas não achava jeito. Aquele assunto parecia difícil demais. Tão difícil que até machucava. Resolveu ir tomar banho e então passou perto da mãe e do homem.

— Gostou do Verão, Heli? — a mãe perguntou.

— Gostei — respondeu sem olhar.

Depois do banho voltou para o quarto com uma lamparina acesa. Pegou o livro de leitura e leu alguma coisa. Helena entrou e perguntou o que ele estava estudando.

— Nada.

A voz dele denunciava revolta. Agora ele queria perguntar se a mãe ia casar com aquele homem, mas achava também que queria evitar aquele assunto. Helena podia muito bem falar sobre o caso, adivinhando o que ele queria ouvir, mas ela não dizia nada.

— Você já andou no cavalo, Helena? — perguntou, embora esperando que a irmã respondesse outra coisa.

— Ainda não.

— É do homem?

— Que do homem, Heli. É da mamãe. É nosso.

E então ficou esperando que a irmã continuasse a conversa e que revelasse coisas daquele caso da mãe com aquele homem. Mas Helena não adivinhava que ele queria ouvir coisas sobre aquele relacionamento. Até que enfim ele perguntou, meio que sem querer:

— Namorando?

— Hem?

— A mamãe?

— É isso. Tenho certeza.

Mas a irmã não continuou o assunto. Falou sobre a escola. Professor Felício queria que ela declamasse um poema na noite da festa da entrega do diploma. A voz dela era boa para declamar poesia. Só que naquele instante essas coisas pareciam muito distantes para o menino.

E, num momento de descuido, ele disse:

— Eu vou matar...

— O quê?

— Nada.

— Você falou "matar", Heliel?

— Que "matar"? Você que falou.

— Eu falava é da festa do diploma.

Heliel tinha sido traído por um impulso de raiva. Prometia matar aquele homem. E pensava no pai.

Era uma noite quente com jeito de chuva. A mãe e o homem continuavam namorando lá naquele puxado-varanda beirando a cozinha. O menino foi dar uma espiadinha. Continuavam de mãos dadas. Bem que ele podia xingar aquele homem e mandá-lo embora. A mãe riu. O homem riu também. O menino voltou para o quarto, abriu a janela e olhou para a noite. A vida podia estar tão escura como aquela noite. Ouviu a mãe e o homem conversando na sala. Ela entrou com o homem no quarto de hóspede. O melhor mesmo era deitar e dormir. Mas que ainda ia xingar aquele homem e expulsá-lo do sítio, isso ia sim.

5

O sábado amanheceu com beleza por todos os lados. Céu de chapéu azul e natureza de vestido verde. Os passarinhos do sítio naquela agitação de tempo de fartura. A água do córrego suja, boa para pescar bagre. Naquele sábado o menino queria pescar um pouco ali pela boca da noite. Era um dia em que não sentia vontade de ir para a escola. Podia levar o leite e os doces que a mãe tinha feito, entregar em Aldeota, voltar para casa e pescar boa parte da tarde. Mas só que daí não ia ver a professora. Era tão bom ver a professora. Os olhos sombreados dela tinham uma beleza misteriosa. Ela era bonita como as artistas de cinema. Não, era mais bonita. O perfume dela parecia ser feito de flor.

Naquele sábado nem tirou leite da Pavuna. Deixou o homem sozinho no curral. Não queria ficar perto dele. Conforme pedido da mãe, pegou os dois cavalos. Decidiu que não queria selar o Verão, mas acabou cumprindo a tarefa. Só que não ia montado naquele cavalo para Aldeota. As irmãs que fossem nele para a escola.

No caminho para a cidadezinha, resolveu perguntar:

— Onde a mamãe encontrou aquele homem?

Qualquer uma das irmãs podia responder. Helena respondeu:

— Aí em Aldeota. Ela já tinha conversado muito com ele. E namorado sem ele ter ido lá em casa. Eu sabia que ela tava namorando o seu Lupiano.

— E como é que não me falou?

— E você precisava de saber, Heli?

— Eu precisava...

Sentiu-se mais aborrecido. Deixou as irmãs seguirem na frente no cavalo Bangüê. Helena sabia que a mãe estava namorando aquele homem desde algum tempo e não tinha contado nada para ele. Agora o homem já ia tomando conta do sítio e aquilo era perigoso. Primeiro, o homem ia tomar a mãe, e depois, o resto. A mãe, o intruso já estava tomando.

Voltou para casa decidido a não ir para a escola naquele dia. Queria pescar um pouco à tarde. Soltou o cavalo e foi procurar no rosto da mãe alguma coisa escondida. O homem estava trabalhando na rocinha de arroz. Naquele instante, bem podia pedir à mãe que aquele homem não fosse morar com eles.

— Não vai ajudar o Lupe um pouco, não, Heli? — ela perguntou, com doçura na voz.

— Não, senhora, mãe. Vou estudar um pouco.

— Então, vai.

Mas não foi. Desceu para o fundo do quintal acompanhado pelo cachorro Sultão. Conversou com o animal.

— Vai pegar aquele homem e morder, Sultão. Vai.

O cachorro acenou com a cauda, e o menino ficou pensando que o cachorro podia, sim, atacar o homem e expulsá-lo do sítio. Chegou até a cerca do fundo. Levava um estilingue e umas pedras. Tinha aquela mania ruim de atirar pedras nas aves, coisa aprendida com os outros. Pulou a cerca e foi ver a água do córrego. O cachorro ficou no quintal. O córrego parecia indicar que havia muito bagre nadando na água suja. Talvez a mãe fosse insistir para que ele não faltasse. Entretanto, podia mentir, inventando uma dor de cabeça ou outra coisa. Era sábado, e ele tinha ouvido que a professora Anália tinha ido visitar os pais noutra cidade. Tinha ouvido isso quando entregava o leite de manhã.

Quando ia voltando para o quintal, procurando um passarinho para atirar uma pedra, levantou os olhos e viu uma manga madura. A fruta estava do lado do nascer do Sol, bem amarela. A descoberta da manga madura o levou a uma lembrança emocionada da professora Anália. Aquela manga era para ela. Não ia faltar à escola naquele sábado.

A fruta estava difícil de ser apanhada. Na ponta de um galho fino, meio alto. Tinha de acertar uma pedra no talinho dela. E começou logo o trabalho. A quinta pedra acertou a manga e ele não queria que isso acontecesse. Não queria machucar a fruta. Tinha de tomar mais cuidado. Depois de atirar várias pedras, conseguiu quebrar o talinho da fruta. Apanhou-a com alegria e achou que o cheiro dela quase tinha o cheiro da professora. A casca da manga era lisa, mas não tão macia como a pele da dona Anália. Naquele instante ficou experimentando a emoção de ver a professora contente ao receber a manga.

Seguiu pelo lado de fora do quintal só para observar o homem trabalhando. Não gostou nada de ver o cachorro lá perto do homem, como se o namorado da mãe já fosse também dono daquele animal. Foi para o quarto, observando que a manga não estava machucada. No ano anterior, ele tinha dado a primeira manga encontrada à mãe. Mas agora ela estava namorando aquele homem e não merecia. Quem merecia realmente a fruta era a

professora Anália, que era a mulher mais bonita do mundo. Mas ela não podia saber que ele sentia isso. E ninguém podia saber. E ninguém podia saber também que ele já tinha encontrado a primeira manga madura. Guardou a fruta na pasta e saiu. Outra vez caminhou para a mãe, que disse:

— Vai chamar o Lupe pra almoçar, Heli. Ele gosta de almoçar cedo.

Ele fez de conta que não tinha ouvido e se afastou. Foi para o pasto do lado oposto do talhão de arroz. Foi procurar coquinhos de macaúba. Sabia de uma daquelas palmeiras que davam coquinhos cheirosos e doces. Podia também levar uns dois ou três para a professora. Achou apenas um no chão e resolveu que aquele era dele. Daí ficou escondido no quintal observando a mãe. A mulher desceu e ao chegar à cerca gritou:

— Lupe, vem almoçar.

O homem caminhou para a mulher, e se beijaram. O menino balançou a cabeça negativamente. Ele bem podia ter ido chamar o homem para evitar aquilo, mas não queria conversar com ele. E quando entrou na cozinha, Lupiano perguntou:

— Não quis ir me ajudar um pouco na enxada, Heliel?

— Não.

E se afastou depressa.

6

Com a manga na pasta preta saiu para a escola procurando não ser notado. Resolveu não esperar os colegas. Talvez podiam descobrir a manga e ele estava com ciúme da fruta. Estava orgulhoso, porque ia ser o primeiro aluno a dar a primeira manga à professora naquele ano. Mas logo à frente a menina Mariana ia saindo na estrada, caminhando sozinha. Heliel fez de conta que não a viu e disparou numa corrida.

— Heliel! — ela o chamou.

Nem olhou para trás. Os colegas com aquela mania boba

de falarem que a Mariana era namorada dele dava enjoo. Chegou ao pátio da escola e ficou debaixo de uma paineira como que vigiando a manga. Entrou na classe meio emocionado. Professora Anália estava com um penteado bonito. No sábado, ela parecia ficar ainda mais bonita. E quando todo mundo estava sentado, ele pegou a manga, levantou-se e foi à mesa da professora, que se preparava para fazer a chamada.

— Uma manga pra senhora, dona Anália. A primeira que madurou lá em casa.

A voz dele saiu tremida de emoção. Os colegas todos ficaram olhando, certamente com inveja.

— Oh, Heliel, muito obrigada. A primeira manga do ano que eu vou chupar.

— Eu acho que ele pegou lá em casa, professora — José Francisco disse.

— Na sua casa? Vai inventar mentira pra lá, Zé Francisco.

Sentou-se todo contente e emocionado. Se através daquela manga a professora percebesse que ele a considerava a moça mais bonita do mundo... ah, isso ia ser bom. Gostaria mesmo era de ser moço e ter um bar e um caminhão e morar em Aldeota e casar com a professora.

Ao pôr do sol daquele sábado viu a mãe se arrumando para ficar mais bonita. Observou o homem se arrumando também. Ele parecia estar com a melhor roupa que tinha. Preparou também os dois cavalos. Será que iam para Aldeota? O menino observava tudo sem dizer nada. E logo chegava a dona Sinhana, a rezadeira.

— Tarde, Heliel.

— Tarde, vó Sinhana.

Tinha se acostumado a chamar aquela senhora idosa de vó. Naquele instante ele acabava de saber que dona Sinhana ia ficar com eles. Será que a mãe ia pousar em Aldeota?

Pouco depois a mãe informou que ela e o Lupiano iam ao cinema e dona Sinhana ia ficar com eles. Voltavam para o sítio logo depois do filme. O menino queria também ir ao cinema, mas não ao lado daquele homem. Só com a mãe. Entretanto não disse nada. De um ponto escondido ficou observando a mãe e o homem saindo nos cavalos. Ele ia montado no Verão. A mãe devia, sim, ter comprado aquele cavalo para dar de presente ao namorado. Entrou na cozinha bem zangado.

— Gostou do namorado da sua mãe, Heliel? — dona Sinhana perguntou.

— Ah...

— Ele vai ser seu padrasto. Parece que é trabalhador.

— Quero saber disso, não.

— Uai, parece que você não gosta dele?

Não disse mais nada e foi para o quarto, onde ficou imaginando coisas, recordando-se do pai. O pai é que era bom. Tinham ido juntos ao cinema algumas vezes. Na companhia do pai é que tinha visto um filme onde apareciam lobos da neve. Em Aldeota e pelos arredores não existiam aquelas coisas. O pai explicava que aquele era um outro mundo, outra gente, outra língua. Por que achava que o namorado da mãe tinha olhos parecidos com os olhos daqueles lobos? Tinha certeza disso, mas não conseguia entender bem. Os lobos tinham atacado um outro bicho e o devorado. Era como se o namorado da mãe tivesse chegado para atacá-lo.

Por que o pai tinha morrido? A mãe tinha dito que era Deus que o tinha levado. Por que Deus tinha de ter levado o pai dele quando ele estava com apenas sete anos? Não dava mesmo para entender a natureza das coisas do mundo. Lembrava-se muito bem da morte do pai. Foi no terreiro da cozinha. O pai vinha vindo e de repente gritou:

— Cira, eu vou morrer.

O pai falou isso com a mão direita no peito e já foi caindo. A mãe correu gritando:

— Hélio! Que isso?!

E ele que estava perto da mãe correu para o pai também. E logo as irmãs chorando. Helena gritando:

— Pai! Pai!

Hosana também gritando. O pai abriu os olhos com a cabeça nas mãos da mãe. A mãe sacudiu a cabeça dele. O pai com a boca aberta, procurando ar. Os olhos do pai olhando para ele e ele sem poder fazer nada. Falou alto:

— Pai!

O pai não respondeu. Fechou os olhos. Fechou a boca. Tombou a cabeça para o lado esquerdo.

— Seu pai morreu, meninos! — a mãe disse, desesperada.

— Não morreu não, mãe — Heliel disse, com mais desespero.

Mas o pai estava morto, sim. E então Heliel começou a chorar. Pôs a mão direita no rosto do pai e chamou:

— Pai! Pai! Levanta!

Ele não podia levantar mais. Recordar isso era dolorido ali no quarto, sozinho. Lembrava-se de que as pessoas foram chegando. Conhecidos e amigos do pai. Gente de Aldeota. Quando levaram o corpo do pai para o cemitério, a mãe não permitiu que ele fosse. E agora tinha de se acostumar naquele sítio sem o pai. Sem ir pescar com ele. Sem andar na garupa do pai quando saíam juntos, às vezes para Aldeota, às vezes para outros sítios. O sitiozinho deles agora parecia estar vazio. A voz do pai não era ouvida por ali. Os currais, o quintal, a casa e até mesmo os animais pareciam tristes. Vidinha malfeita. Achava que sim. Mas a mãe dizia que eles iam continuar vivendo como Deus queria. Que ela tinha forças para trabalhar. Ela se vestiu de preto e pregou pedaços de panos pretos nas mangas das camisas dele. Era o tal de luto.

Com o passar do tempo as coisas iam ficando mais distantes, mais esquecidas, mas o menino sempre vivia lembranças do pai.

Naquela noite ficou imaginando o homem e a mãe no cinema. Os cavalos amarrados no quintal de um conhecido. Eles de mãos dadas como dois namorados. Dormiu com aquele aborrecimento e acordou com os cascos dos cavalos batendo no terreiro. Normalmente não acordava com aquele barulho. Levantou a cabeça do travesseiro e sussurrou:

— Chegando.

Ouviu a mãe abrindo a porta. Levantou e abriu a janela. Não dava para ver, mas o homem tinha ido soltar os animais. Aconteceu alguma claridade. A mãe acabava de acender uma lamparina na sala. Quando o homem entrou na casa, o menino observava pela fresta da porta, que estava só um pouquinho aberta. Conversaram baixinho. Será que ele ia dormir com a mãe? No quarto de hóspede estava dona Sinhana. Sim, o homem entrou no quarto da mãe com o braço direito nos ombros dela. Procuravam não fazer barulho. Trancaram a porta. O menino sentiu uma ferroada de revolta e achou que devia ir dar um chute na porta. Esperou por algum tempo. Queria ouvir o que estavam dizendo, mas não conseguia. A claridade da lamparina sumiu.

O menino abriu mais a porta do quarto e andou pela sala e trombou com uma cadeira. Voltou depressa para a cama. Achou aquela noite muito enjoada, mas dormiu. Era uma criança.

7

Agora já não havia jeito. A mãe era daquele homem ou o homem era da mãe. Só que Heliel não aceitava tal situação e esperava que aquele intruso fosse embora logo. Isso devia acontecer, sim, como tinha acontecido com os outros dois. Ele queria saber se as irmãs estavam de acordo com aquilo, mas achava difícil entrar naquele assunto:

— E esse homem, Helena?

— Hem?

— Esse homem aqui em casa.

— Ele é marido da mamãe agora, Heliel.

Ele não queria saber disso. Queria saber se a irmã estava de acordo com o caso, mas ela não tinha entendido a pergunta.

— Gosta dele? — perguntou com voz pesada.

— Ah, até que sim. Quem gosta é a mamãe. Por quê?

— Nada não.

— Você não gosta dele, Heli? — quem perguntou foi a Hosana.

Heliel ficou olhando para a irmã mais nova com uma carranca de cachorro buldogue enfezado. Levantou-se e saiu da sala. Foi procurar manga.

No último dia de aula levou um copinho de doce de leite para a professora Anália e sentiu que ia ficar com muita saudade dela nas férias. Ele tinha passado com nota oito.

— A senhora vai dar aula pra nós no quarto ano*, dona Anália?

— Não. É o professor Felício, Heliel.

Então não ia poder ficar namorando a professora durante a aula sem que ela soubesse. Mas sempre ia poder vê-la na escola e nas ruas de Aldeota.

Assistiu à festa de entrega do diploma primário e achou bonito ver a irmã declamar poesia. Professora Anália estava muito bonita naquela noite, mas no dia seguinte ela viajou para a casa dos pais.

Entregar leite em Aldeota naqueles dias chuvosos do período das férias era um pouco menos atraente. Às vezes, quando ele entregava leite, via a professora Anália. Agora ela não estava. Como podia existir uma moça tão bonita daquele jeito? E sem aulas, a cidadezinha parecia ainda mais monótona. Muitos colegas tinham viajado. Às vezes, andava a cavalo pelas ruas empoeiradas e não via nenhum colega.

* Na época em que se passa a história, o Ensino Fundamental I (Primário) tinha quatro anos, do 1º ao 4º. O 4º ano a que se refere o personagem equivale ao 5º ano atualmente.

No sítio, o homem tomava a direção das coisas e mostrava jeito de mandão.

— Heliel, leva o leite no Verão hoje — o homem é quem mandava.

O menino tremeu. Não queria ir naquele cavalo. Achava que não queria gostar daquele animal. Queria desobedecer ao padrasto, mas a voz dele era muito forte e aqueles olhos de lobo da neve pareciam soltar labaredas. Resolveu montar no cavalo e ir para Aldeota. Mas da outra vez não ia. Jurava.

Ficou surpreso quando a mãe disse que ele não ia estudar naquele ano. Deixasse para o ano seguinte. Havia muito serviço no sítio precisando da ajuda dele.

— Estuda no ano que vem, Heli.

— Sei.

Ele não morria de amor pela escola, embora fosse até um bom aluno. Gostava mais do sítio e dos animais. Entretanto, ir à escola era bom por causa dos colegas, do jogo de biloca, e dona Anália era muito bonita. Ficou meio pensativo, mas aceitou a situação. Os meninos tiravam o diploma primário e depois iam trabalhar nas roças mesmo. Mas, de repente, achava que estava perdendo alguma coisa.

Pegou o enxadão, arrancou minhoca no terreno perto de onde a mãe lavava roupa e foi pescar. Tinha uma vara de bambuzinho bem cuidada e se orgulhava daquilo. José Francisco não tinha. Quando iam pescar juntos, o outro menino carregava uma vara cortada no mato.

Estava de pé no barranco do córrego. Quando fisgava um peixe, sempre o colocava num ganchinho feito de um pequeno galho. Tinha aprendido com o pai. Jogar os peixes no chão do barranco não era bom. Às vezes, iam pulando e caíam no córrego novamente.

Pescava e pensava. Então não ia estudar naquele ano? E a professora Anália? Bem, ela não ia mesmo ser professora dele. Ah,

o melhor mesmo era ficar no sítio tomando conta dos animais. Mas, e aquele homem que agora mandava nele? Será que aquela decisão da mãe de deixá-lo sem estudar naquele ano não tinha sido uma sugestão do homem? Se fosse, ele queria estudar, sim. Precisava muito saber disso. Estava assim embaraçado nesses pensamentos quando José Francisco o descobriu pescando sozinho.

— Pescando os meus bagres, né, Heliel?

— Nessa parte aqui, tudo quanto é peixe é meu, Zé Francisco.

Então conversaram, e Heliel contou que não ia estudar naquele ano. José Francisco perguntou se era o padrasto dele, o Lupiano, que não queria que ele estudasse.

— Não, é a mamãe que falou isso.

Quem sabe José Francisco estava certo. Ele próprio desconfiava disso, mas não queria dizer ao amigo.

— Seu padrasto é bom, Heliel?

— O diabo.

— Por quê?

— Porque é.

— Já te bateu?

— Se me bater, eu mato ele.

José Francisco olhou e deixou escapar um sorriso. Não disse mais nada sobre o caso. O melhor mesmo era fisgar peixinhos.

— Vamos ver quem pega mais bagre, Heliel?

— Vamos.

José Francisco ganhou a competição.

Quando as aulas começaram, Heliel sentiu-se meio diminuído. Viu os colegas passando na frente de casa, indo para a escola. Sentiu que tinha sido excluído da turma à força e isso era ruim. Viu a irmã Hosana montar no cavalo Verão e ir para a escola cursar o terceiro ano. Ficou com inveja da irmã e dos colegas. Encheu o peito de coragem e foi conversar com a mãe.

— Foi ele que pediu pra senhora me tirar da escola, mãe?

— O quê?

— Foi o homem que pediu pra senhora me tirar da escola?

— O Lupe, Heli? Não. Achei que era bom você trabalhar um pouco esse ano. Você volta no ano que vem.

Afastou-se desconfiado. Talvez a mãe não quisesse dizer que o homem é quem tinha tido tal ideia. O homem estava exigindo que ele trabalhasse mais e mais.

No dia vinte e cinco de fevereiro completou onze anos, entregando leite em Aldeota, montado no cavalo Bangüê. A vidinha só não era boa por causa do homem no sítio. Padrasto era uma palavra que ele achava que tinha um som ruim. Não gostava daquela palavra, embora o padrasto do José Francisco, o Olimpinho, fosse um caboclinho simples e bom.

Quando encontrou professora Anália na rua principal de Aldeota, estremeceu. Ia com as pernas por cima dos litros de leite e não tinha entregado nenhum ainda. Sentiu-se inibido e, se soubesse, nem teria tocado o cavalo por ali.

— Heliel, parece que não vi você na escola.

— Esse ano não tô estudando, não.

— Não? Por quê?

— A mamãe me tirou pra trabalhar no sítio. Só vou voltar no ano que vem.

— Por que não terminou o grupo escolar primeiro?

— É a mamãe...

Mas ele achava que não era a mãe. Era o homem que tinha pedido à mãe para tirá-lo da escola. Talvez o ruim de não estudar é que uma professora como a dona Anália não ia querer casar com um moço que tinha estudado só até o terceiro ano primário.

Agora o negócio dele era entregar leite em Aldeota, voltar para o sítio e trabalhar. Não queria ficar perto do homem, mas era obrigado.

— Essa semana a gente vai trabalhar no quintal, Heliel. A gente tem muito serviço. Com essa chuvarada, o mato cresce depressa. Sua enxada já tá amolada. Você tem de aprender a amolar ferramenta. Já é um homem.

Não gostava de ouvir aquele homem lhe dando ordens. Não gostava da fala dele. Uma voz exigente, marruda. Era um sofrimento ter de trabalhar com aquele homem. E a mãe sempre conversava com ele sorrindo, toda melosa. Não sabia o que a mãe via naquele sujeito.

Muito serviço no sítio. Serviço constante, principalmente naqueles dias chuvosos. As ordens do homem tinham de ser cumpridas.

— Você vai levar o leite no Verão, e a Hosana vai pra escola no Bangüê.

A ordem do homem foi autoritária.

— Eu vou no Bangüê. Ele é meu.

— Vai no Verão e acabou.

— Não vou. Você não manda em mim. Não é meu pai.

O homem olhou para ele com aqueles olhos. Caminhou para ele. A figura do padrasto pareceu inchar na frente dele.

— Quem manda sou eu e você cala a boca.

A discussão acontecia no curral, longe dos outros. O menino tremeu, mas não calou.

— Não calo e não calo. Quem manda na minha boca sou eu.

A mão direita do homem desceu de costas contra a boca do menino. Mão forte, braço pesado. Foi um golpe cruel. O menino quase caiu. Segurou a boca rapidamente, os olhos arregalados. E a voz do homem num tom cruel.

— Pra você aprender a não me responder. E não me chame de você nunca mais. Você tem de me chamar de senhor, ouviu?

O menino estava paralisado, sentindo muita dor nos lábios. Lágrimas orvalharam os olhos e ele montou no cavalo Verão sem dizer mais nada. Não olhou para trás e tocou para Aldeota, tinindo de raiva.

— Quando eu crescer, vou matar aquele desgraçado — sussurrou sozinho, no meio da estrada.

Era um dia tão amargoso que ele nem sentia vontade de voltar para o sítio. Se fosse maior, ia tocar o cavalo Verão pela estrada que ia para Barretos e sumir no mundo. Mas era apenas um menino. Viu professora Anália, que agora dava aulas para Hosana. Ela estava bonita, mas o menino continuou zangado e não sentiu nenhuma beleza nas emoções da vida.

Depois de soltar o cavalo Verão, achou que devia contar à mãe que o homem tinha batido em sua boca. Tinha batido com força. Os lábios estavam doloridos. Mas a mãe estava apoiando o homem em tudo o que ele fazia, e talvez nem ligasse para o acontecido. Quem podia ouvi-lo e consolar a sua dor era Helena.

— O homem me bateu na boca, Helena.

— Que homem?

— O da mamãe.

— O Lupe?

— É. Deu um tapa com as costas da mão na minha boca. Tá tudo dolorido.

— Por que, Heli?

— Eu não queria levar o leite no Verão.

— Por que não?

— É um cavalo que eu...

— O Verão é tão mansinho. É que nem o Bangüê.

Afastou-se da irmã e foi contar à mãe o ocorrido. Aproximou-se dela com uma certa suspeita.

— Mãe, o homem me bateu.

— Que homem, Heli?

— O seu.

— O Lupe?

— É.

— Por quê? Como?

Narrou o acontecido, e a mãe disse que ele tinha de obedecer ao homem.

— Ele tá no lugar de seu pai agora, Heliel.

— Não quero...

E foi se afastando desapontado, e a mãe dizendo que um tapinha não valia nada e que ele não desrespeitasse Lupiano. Caminhou para o fundo do quintal alisando os lábios. O lábio superior, por dentro, estava bem dolorido, machucado. Ali, a mão do homem tinha batido com mais força. Chorou sozinho e falou alto:

— Eu vou matar aquele homem.

8

O menino amarrou uma corda no pescoço do potrinho Bagre e trotou com ele no curral. Enquanto isso, a égua Baiona ficava espiando. O homem chegou e ralhou com ele.

— Em vez de trabalhar, fica aí fazendo estrepolia, Heliel.

Queria dizer que estava amansando o potrinho e que o animal era dele, mas encontrou aqueles olhos de fogo do homem e sentiu algum medo. Entretanto, continuou a brincadeira, e o homem gritou:

— Vai trabalhar, menino. Enxada não trabalha sozinha.

— O Bagre é meu. Eu brinco com ele quando eu quiser. Eu to amansando ele. Quero ver quem manda — o menino desabafou.

— Cuidado com essa linguagem comigo. Não brinca comigo não, moleque. E não vai trabalhar pra ver o que te acontece...

Achou que os olhos do homem eram duas brasas. Tirou a corda do pescoço do potrinho e foi trabalhar. Estava triste. A mãe nem tinha conversado com o homem sobre o tapa que ele tinha levado na boca.

Na colheita do arroz, o homem o colocou para carregar os feixes com os grãos. Jurava que, quando crescesse mais, iria embora.

— Você tem de trabalhar o dia inteiro, menino. Vou te ensinar a gostar de mim. Não tenho medo de cara feia, não.

Não dizia nada. Afastava-se. Quando podia, ia pescar no córrego. Sentia que o homem tinha passado a mandar em praticamente tudo. E a mãe gostava. Como é que a mãe podia gostar de um homem que tinha os olhos feitos de fogo?

Na colheita do algodão, o homem o colocou para trabalhar num sítio vizinho.

— Menino sem trabalhar fica inventando travessura, Cira — o homem disse.

— Eu sei, bem.

Heliel ouviu essa conversinha e odiou ouvir a mãe chamando aquele homem de "bem". Não se lembrava de ter ouvido a mãe chamar o pai assim.

O menino foi catar algodão e até gostou de estar no meio de outros meninos. Ouvia piadas e sempre havia alguém que cantava alguma canção. Os quilos de algodão que ele catava durante a semana eram escritos numa folha de papel. No sábado Lupiano ia receber.

— Menino com dinheiro é só pra gastar à toa, Cira.

— Certo, bem.

Nos fins de semana o homem e a mãe saíam a cavalo. Iam passear em Aldeota. No domingo de manhã, às vezes, iam à missa. Agora Heliel quase não ia mais à igreja. Preferia pescar ou jogar futebol com os conhecidos. No sitiozinho dos Kioto havia um campo de bola.

Num daqueles domingos saiu cedo e achou que devia ir rezar. Queria sair de casa. José Francisco habitualmente ia à missa aos domingos. Ficou esperando o amigo. Foram juntos. Ficaram parados na frente da igreja por algum tempo. De repente, estremeceu quando José Francisco disse:

— Dona Anália com o namorado.

Heliel olhou depressa. O namorado segurava a mão esquerda da professora e caminhavam devagar. Passaram não muito longe deles. A professora não olhou e nem disse nada. O menino achou que ela não o conhecia mais. Sentiu ciúme daquele moço. José Francisco não podia saber daquilo.

— Vamos chupar sorvete, Heliel?

— Não tenho dinheiro.

— Ué, você não catou algodão?

— O homem pega tudo pra ele e pra mamãe.

— Vamos. Eu pago. Seu padrasto é duro, hem?

O menino lançou um olhar zangado para o amigo e não disse nada. Chuparam sorvete e entraram na igreja. Heliel procurou a professora Anália e achou que sua vidinha era uma coisa boba. Sabia que aquela professora era a sua primeira paixão fantasiosa e que ele era um menino. Mas pelo menos tinha o direito de sonhar aquelas coisas distantes. Só que se julgou um bobinho naquele instante, na igreja. Não passava de um menino que detestava o homem da mãe e queria crescer logo. No meio da missa, disse para si mesmo:

— Aquele homem me paga.

Quando saíram da igreja, José Francisco fez um convite:

— Vamos pescar agora, Heliel?

— Hã?

— Vamos pescar agora?

— Vamos.

Ele estava tão concentrado observando a professora se retirar com o namorado que nem tinha entendido direito o convite do amigo. Dona Anália ia casar com aquele moço?

O lado mais difícil da existência do menino agora era ver o homem tomar conta de tudo e a mãe permitir.

— Lu, vem comer pão de queijo com doce de leite — a mãe estava chamando o homem e parecia ter se esquecido do filho.

Ora chamava o homem de Lu, ora de Lupe. Era um apelido carinhoso que a mãe tinha arranjado. E com isso o menino passava a detestar mais aquele homem.

Viu o homem chegar montado numa bela mula. Viu a mãe caminhar depressa para recebê-lo.

— É bonita demais, Lupe! Valeu a pena.

— Eu não disse que a Suprema é mula pra enriquecer o sítio, Cira?

— Nossa, bem, é um colosso.

O menino estava perto, atrás da cerca do curral. Na certa, o homem tinha comprado a mula com o dinheiro dos porcos gordos vendidos para o açougue. O homem passava mesmo a ser dono das coisas que o pai tinha deixado.

No sábado seguinte, viu o homem sair na mula, e a mãe, no cavalo alazão. Iam ver um filme. O menino aproximou-se das irmãs e disse:

— Aquele homem vai tomar tudo de nós.

— Vai não, Heli. Ele gosta da mamãe e da gente — Helena disse.

— De mim ele gosta é do sei-lá...

— É porque você não gosta dele, Heli — Hosana disse.

— Não gosto mesmo.

— Então passe a gostar dele, Heli — Hosana insistiu.

— Passo a matar...

— Que é isso, Heliel. O seu Lupiano ajuda a gente.

O menino saiu resmungando. Pegou uma corda e foi amansar o potrinho.

— Bagre, trota.

Depois pegou um bezerro e montou. As irmãs ali na cerca do quintal. O sol ia entrando, e ele estava mais contente porque o homem não estava no sítio. Dona Sinhana não ia ficar com eles. Podiam ficar sozinhos até a mãe e o homem voltarem do cinema.

O relacionamento do homem com o menino era tenso. Daí o homem queria mostrar que era mais forte e durão. Às vezes, saía na mula para Aldeota depois do almoço. O menino achava que o homem estava querendo apenas se exibir. Ficava por lá duas, três, quatro horas. Às vezes, voltava à noite.

Naquela noite, empurrou a porta do quarto quando o menino se preparava para dormir.

— Heliel, vai pôr milho pra mula.

O menino odiou aquela ordem, mas sem dizer nada levantou-se e passou perto do homem. Respirou cheiro de cerveja. Caminhou muito zangado para o curral. Por que é que o homem não podia descascar algumas espigas de milho e colocar no cocho para a mula? Não tinha andado nela?

— Sujeito vagabundo esse homem.

O menino resmungou e achou que não devia gostar daquela mula. Descascou meia dúzia de espigas de milho e voltou para o quarto.

— Descascou dez espigas pra mula, Heliel?

— Descasquei.

A mula Suprema tinha de ser muito bem tratada. Precisava estar muito bonita para o homem se apresentar bem pelas ruas empoeiradas de Aldeota.

9

Tio Agenor apareceu no mês de maio, e Heliel resolveu que ia pedir à mãe para ir morar com o tio. O irmão da mãe se mostrou contente com o novo homem da irmã. Corcira dizia que Lupiano era trabalhador e estava interessado em produzir mais e mais.

— Vamos ver se com esse você vai dar certo, Corcira — o tio disse.

— Tenho certeza que sim.

Heliel não queria ouvir essa prosa. Afastou-se e, quando pôde conversar com o tio a sós, pediu:

— Tio Agenor, eu queria ir morar com o senhor.

— Comigo? Por quê?

— Por causa desse homem...

— Ué, mas a sua mãe falou que ele é muito bom.

— Bom nada. Não gosto dele. Já me bateu.

— Te deu uma surra?

— Me deu um tapa na boca.

— Mas você deve obedecer ao Lupiano. Tá no lugar do seu pai. Sua mãe vai querer você aqui pra ajudar ela. Morar comigo... Sei lá.

O menino ficou bem desapontado. Esperava que o tio o levasse consigo de imediato. E antes que o tio conversasse com a mãe sobre aquele assunto, o menino foi ter com ela:

— Mãe, a senhora deixa eu ir morar com o tio Agenor em Mato Grosso?

— Morar com o seu tio, Heliel? Mas por quê?

— Eu queria, mãe.

— Mas quer ir embora de casa? Por quê?

— Eu queria.

— Sei não. Quer me deixar e deixar suas irmãs?

— É.

A mãe encolheu os ombros. No momento não sabia. Ia pensar no assunto. Talvez ele pudesse morar com o tio por algum tempo. Ia conversar com o Lupe. O menino saiu dali aborrecido com essa conversa que a mãe ia ter com o padrasto.

No dia seguinte a mãe entrou naquele assunto com o filho. Ela achava que ele devia continuar no sítio. O serviço dele era muito importante e ele estava se tornando homem. Ela o queria ali perto dela. Tio Agenor também tinha a mesma opinião. O menino olhou para a mãe e perguntou:

— Foi o homem que não deixou, mãe?

— Heliel, você tem de tratar ele de "seu Lupiano". Esse negócio de chamar ele sempre de "o homem"... Até parece que ele é um homem qualquer. Tá no lugar de seu pai.

— Eu só queria é saber se foi ele que não deixou.

— Eu é que mando... E o seu tio acha certo você perto de mim.

O menino se afastou com o nariz meio vermelho. Não conseguia tirar da cabeça que a mãe tinha conversado com o homem naquela noite, e Lupiano decidido a sua sorte.

— Aquele homem é um cão.

Tio Agenor foi embora sem levá-lo. Prometeu que ia voltar no próximo ano para levá-lo num passeio. Ia conhecer o rio Paraná, Três Lagoas. E o menino ficou achando que podia ler no rosto do homem da mãe que era ele, sim, quem tinha decidido que ele não ia morar com o tio.

Lupiano chegando na mula Suprema. Fazia um friozinho e era mais ou menos oito horas da noite. O menino se esticou na cama e cobriu a cabeça. Mas o homem veio e bateu na porta.

— Vai pôr milho pra mula, Heliel.

Se não fosse, a mãe ia intervir no caso e ralhar com ele. Lupiano era quem mandava. Calçou as botinas e foi para o curral. Descascou somente uma espiga de milho para o animal. Pegou nove sabugos do chão e os colocou no cocho. No dia seguinte, cedo, o homem ia ver se a mula tinha comido realmente dez espigas de milho. Dez sabugos tinham de sobrar no cocho.

— Essa mula podia morrer... — O menino sussurrou e deixou o animal com vontade de comer mais milho.

Em maio, o homem comprou um rádio. Gostava de ouvir futebol e os cantadores de modas caipiras. O menino ficava observando. À noite, o homem ligava o rádio e sentava ao lado da mãe, e ficavam ouvindo sanfoneiros, tocadores de viola e cantadores de modinhas sertanejas. O menino gostava, mas não queria ficar perto. Ficava no quarto. E aquele rádio ele não podia ligar. Não podia gastar muita pilha.

Observou o homem ouvindo futebol. Era uma coisa que ele não entendia. O homem dizia que o Brasil estava jogando muito bem e que ia ser campeão do mundo. Num domingo, o homem gritou muito. O Brasil tinha sido campeão do mundo no Chile. Daí, o homem foi montado na mula para Aldeota, e o menino foi a pé com os colegas. Em Aldeota, o pessoal estava soltando foguete e alguns homens bebiam. Heliel começava a entender o porquê da algazarra. Viu um grupinho de moças cantando o Hino Nacional. Entre as moças, professora Anália. Ela parecia muito mais bonita com aquele lenço amarelo amarrado na cabeça. Sentiu um arrepio nos ombros. O mundo podia ter belezas que emocionavam. Um dia sua vidinha podia até ser melhor. Naquele tempo vivia sob o chicote dos conflitos.

10

Em agosto, o tempo seco tinha enferrujado a natureza e aconteciam incêndios em vários lugares. Redemoinhos giravam em tubos de poeira, e as folhas secas e murchas caíam. Heliel gostava de caçar passarinhos nas roças. Era um menino daquele tempo e daquele mundo.

— Vai buscar a moringa na roça, Heliel. Ficou lá todo esse tempo. Uma rês pode pisar nela e quebrar. E volte logo.

A ordem do homem era dura, exigente. E o menino não

queria obedecer ao padrasto. Saiu e caminhou devagar. Apanhou a moringa e, quando ia voltando, viu um inhambu. Mais que depressa foi colocando a moringa no chão, mas ela escapuliu, bateu num toco e quebrou.

— Diacho!

Xingou alto, mas não deu muita importância. Saiu correndo atrás do inhambu. Atirou as pedras que tinha no bolso e não acertou a ave, que ficou aninhada julgando estar bem escondida. O menino correu e foi apanhar mais pedra no lugar mais próximo. Encheu o bolso e voltou. Procurou pela ave no lugar onde ela tinha ficado aninhada e não a encontrou, mas outro inhambu correu logo na frente. Era até maior. O caçadorzinho começou a atirar pedras. Tirou penas da ave que voou e pousou não muito longe. Talvez a caça estivesse tonta. Correu lá e o inhambu fugiu. De novo estava sem pedras e dois inhambus corriam por ali. Foi apanhar mais pedra. Caçar era um esporte para o menino.

— Vou comer um inhambu frito.

Disse isso duas vezes, correndo. Encheu os dois bolsos de pedra e, quando ia correndo, dois outros inhambus voaram e pousaram num canavial logo ali do lado. Lá tinha acontecido um incêndio, e as aves podiam ser vistas de longe. O menino ficou mais entusiasmado ainda com a caçada.

Mas o homem já ia indo atrás dele. Encontrou a moringa despedaçada no chão. Viu o menino atirando pedras nos inhambus.

— Heliel! — O homem berrou.

O menino levou um susto, estremeceu e parou. Julgou os olhos do homem brasas brilhantes.

— O que foi que eu mandei você fazer?

O menino parado, olhando, segurando o estilingue.

— Você veio foi quebrar a moringa e caçar? Eu te dou uma surra, moleque vagabundo!

E o menino parado, olhando. O homem puxou um canivete que carregava, cortou uma cana fina e caminhou para o lado do menino.

— Vem me bater, homem! — O menino disse com reação nervosa e armou o estilingue.

— Dispara uma pedra em mim, moleque.

Heliel começou realmente a esticar as borrachas do estilingue, mas o homem chegou num pulo e o agarrou.

— Você não sabe com quem tá mexendo, moleque.

Tomou o estilingue num golpe, ralhou com mais dureza e bateu com a cana. O menino gritou e xingou:

— Desgraçado.

— Aqui tá o seu desgraçado, moleque.

Lupiano foi durão naquele instante. O menino ficou com as pernas ardendo, o traseiro dolorido. Tinha esguichado urina.

— Você ainda me desobedece, Heliel?

— Não, senhor.

Lupiano deixou o menino onde estava e se afastou sem dizer mais nada. Heliel ficou choramingando, tremendo.

— Quando eu crescer, vou matar aquele homem.

Resmungou para si mesmo, sentado no chão. Levantou-se ainda soluçando. Apanhou o estilingue e perdeu a vontade de caçar passarinho. Caminhou para o córrego e passou água no corpo sem mergulhar. Ficou por ali e só pelo escurecer deu um jeito de voltar para casa. Entrou pelos fundos do quintal. A mãe e o padrasto estavam sentados na varanda da cozinha. Será que ela já sabia que ele tinha apanhado? Ali perto dos dois não queria passar. Arrodeou, entrou pela porta da sala e foi parar no quarto. Helena o acompanhou:

— Seu Lupiano te bateu, Heli?

— Vai pro inferno.

Helena ficou com pena do irmão, e Hosana decidiu perguntar:

— Foi porque você quebrou a moringa e xingou ele, Heli?

— Vai caçar sapo.

— Só perguntei, Heli.

Daí, sem jantar, o menino deitou-se. Não queria conversa com ninguém, mas pouco depois a mãe entrou no quarto.

— Heli, você tem de obedecer ao Lupiano. Ele pode até te bater, pois tá no lugar do seu pai. Uma surrinha não vale nada. Não mata ninguém. Você não pode xingar ele não, filho. E muito menos jogar pedra de estilingue nele.

Calou-se e esperou que o filho dissesse alguma coisa. Ele nem se mexia.

— Você não quer jantar?

Continuou calado.

— O Lupiano te bateu, mas foi sem maldade. Pai bate nos filhos só quando eles precisam. Pai bate pra educar. Pro filho crescer homem direito e trabalhador. Não quer pão de queijo? Biscoito?

Já que o filho continuava calado, a mãe o deixou. Talvez fosse melhor que ele curtisse aquela mágoa sozinho. Logo ia esquecer aquilo e passar a obedecer mais ao Lupe.

11

Aquele foi um ano amargoso para o menino Heliel. Muito trabalho para a sua vida de criança. Ausente da escola, sentia uma certa inveja dos colegas. José Francisco e os companheiros do terceiro ano iam tirar o diploma, e ele? Agora dava aquela vontade inquieta de estudar. Terminar o quarto ano primário era sempre uma festa para os alunos. José Francisco apareceu com uma vara de anzol, que agora era um bambuzinho comprado em Aldeota.

— Vou tirar o diploma esse ano, Heliel. E você, hem?

— Ano que vem a mamãe falou que eu vou voltar pra escola. A Helena tirou o diploma e eu também quero tirar.

— Vamos pescar?

— Vamos.

Era bom estar com um amigo, pescando e conversando. Heliel dizia que dentro de algum tempo iria embora de casa. Não conseguia mais gostar de viver ali.

— Minha mãe não fala, Zé Francisco, mas eu acho que foi

ele que me tirou da escola. E não sei se vai me deixar voltar. Nem gosto de conversar com ele.

— Logo você vira homem.

— Viro e o sítio vai ser meu.

— Ah, você vai na festa do meu diploma?

— Vou, sim.

Quando José Francisco foi embora, levando os peixes que tinha fisgado, Heliel ficou pensando. Tinha ficado para trás mesmo. Aquilo era atraso de vida. Será que ia estudar o quarto ano junto com a irmã Hosana? Desconfiava de que sua situação corria perigo.

No dia da festa da entrega dos diplomas dos colegas do ano anterior é que ele ficou chateado mesmo. Em Aldeota havia clima de festa. José Francisco tinha ganhado uma roupa nova, sapatos novos. Estava todo chique. Parecia até orgulhoso usando brilhantina no cabelo. Ia se vestir na cidade.

— Eu vou ler o discurso, Heliel. To até com medo de gaguejar muito. Mas vou falar alto.

— Só quero ver.

José Francisco com aquele cabelo alumiento. Heliel, as irmãs, a mãe e o padrasto foram para a cidade. Queriam ver a festa de entrega dos diplomas.

— No ano que vem sou eu que vou ter festa — Hosana disse.

Heliel esperou a mãe dizer que ele também ia estar na festa. Não disse nada. Muito menos o padrasto. Na certa, aquele homem não ia deixá-lo estudar. Só devia querer que ele fosse homem do murro pesado.

Professora Anália passou com o marido. Ih, ela estava barriguda. Não parecia mais tão bonita como no ano anterior. Quem estava mais bonita era Mariana. Até as sardas dela tinham sumido mais naquela noite. Será que era por causa do pó de arroz?

— Heliel, não tirou o diploma, hem?

Mariana disse com um sorriso meio orgulhoso. Será que

ela estava com ironia? Humilhando-o? Heliel sentiu-se todo encabulado.

— Vou tirar no ano que vem — disse bem alto e rabiscou um olhar contra o padrasto.

— Vai sim — Hosana disse.

Heliel olhou mais uma vez para o padrasto e os olhos se encontraram num choque.

José Francisco tremeu um pouco, gaguejou, mas falou alto. Heliel chegou a rir da figura comprida do amigo, mas bateu palmas. Deu uma dorzinha mais intensa quando viu os colegas do ano anterior recebendo os canudos. Era bonito ver aquilo e dava até orgulho. Ouvir o Hino Nacional dava arrepio. E depois Mariana passou perto dele toda perfumada. Bonita, estava até diferente.

— Passei com sete vírgula cinco, Heliel — ela disse toda dengosa.

— No ano que vem vou passar com dez.

— Deus te ajude.

Diacho que Mariana tinha caçado de ficar bonita daquele jeito? O que é que tinha aprontado na vida?

12

Naquele fim de ano o padrasto contratou um peão para trabalhar no sítio. Disse que preferia ser chamado de Guanambi, e Heliel simpatizou com ele. Guanambi tinha conversa longa e casos interessantes. Heliel contou-lhe sua história desde a chegada do padrasto.

— Mas ele te bateu com uma cana, menino?

— Bateu.

— E te tirou da escola?

— Tirou.

— Não vale a pena. Depois te toma o sítio. Essa fazendinha é sua, ouviu?

E passou a observar o relacionamento do menino com o padrasto. Aquele era um homem do mundo.

— Vejo que você odeia seu padrasto, Heliel.

— Quando eu crescer, vou matar ele.

— Às vezes, a gente só mata na promessa. Quando cresce, a gente nem lembra mais que ia matar. A vida tem uma estrada cheia de curvas.

Guanambi tinha um cavaquinho, tocava e cantava, e Heliel escutava. Tinha também uma garrucha de dois canos. Aquilo era arma de assassino? O menino imaginava que aquele homem já podia ter matado alguém. Talvez por isso é que ele cantava triste:

Quando a lama virou pedra
e mandacaru secou...

Era pelo anoitecer e Guanambi estava cantando essa canção que parecia distante do sítio. Heliel ia caminhando para onde estava o peão. Parou e ficou ouvindo. Quando o homem parou de cantar, o menino entrou na casa de tralhas dos animais onde Guanambi dormia.

— Vai chover, Heliel?

O menino riu e disse que ia chover.

— O senhor já matou um homem com essa garrucha, seu Guanambi?

— Menino! Que pergunta boba! Você acha que eu já matei um homem?

— Só pensei. Sei não... Pensei mais uma coisa.

— O quê?

— Se o senhor me emprestasse essa garrucha, eu...

— Eu, o quê?

— Eu matava meu padrasto.

— Você é um bestinha. Logo você cresce e sua vida vira outra coisa. Matar uma pessoa é matar a gente mesmo. A vida é coisa complicada. A gente não entende direito.

— É que me falaram que se eu matar ele agora, não vou pra cadeia.

— Mas você vai ficar preso na cadeia eterna do remorso e do arrependimento.

— Será?

— Pura verdade.

Naquele peão do mundo, de voz forte, Heliel via um amigo. O cavaquinho dele falava música e ele sabia canções que pareciam vir de lugares distantes.

Juazeiro, velho amigo,
onde anda o meu amor?

Aí o menino queria estar sempre com aquele homem forte e bom de serviço. Mas será que Guanambi já não tinha matado uma pessoa?

No mês de janeiro chovia e fazia sol mormacento. Heliel laçou o potro Bagre no curral e disse que ia montar nele. Guanambi alisando a barba meio crescida. Era um sábado quente, à tarde.

— Nunca ninguém montou nele, Heliel?

— Nunca.

— Então ele vai pular, e você vai cair.

O menino mostrou um sorriso corajoso e disse:

— Se cair, do chão não passo. Monto em pelo.

O padrasto vinha puxando a mula Suprema para os lados dos currais. Ouviu o menino dando uma de machão.

— Meu pai montava e não caía. E eu também não.

— Agora eu quero ver você montar, seu papudo. Agora tem de montar. Tá contando vantagem aí pro Guanambi. Agora monta.

Heliel perdeu a graça do sorriso e pôs seriedade no rosto. Não contava com aquela. Achava que o padrasto estava em Aldeota. Agora o homem durão o desafiava e ele queria montar só para o peão Guanambi ver. Empalideceu um pouco.

— Cadê o machão? Se não montar, ninguém mais vai acreditar em você.

O menino olhava para Guanambi e não olhava para o padrasto. Lupiano pegou o cabresto que prendia o potro. Desafiou o menino com mais dureza na voz.

— Eu ia amansar esse potro, mas você acha que já é peão de montaria... Pois põe essa bunda no lombo dele.

Heliel engoliu poeira e disse com voz meio tremida:

— Eu monto, sim.

— Se cair, a terra tá fofa, Heliel. Nem machuca — disse Guanambi.

O menino deixou escapar um sorrisinho amarelo.

— Se não montar, vai ser homem sem palavra. E se seu pai visse uma coisa dessa, não ia gostar.

Heliel olhou para o padrasto e sentiu raiva. Quem era aquele homem para estar falando no pai dele? Mas também sentiu um impulso doido para montar no potro.

— Bagre, Bagre — pôs-se a conversar com o potro, alisando o pelo dele.

— Eu encosto ele ali no cocho pra você montar — o padrasto disse.

Heliel não disse nada, mas o homem puxou o potro para a beira do cocho. O menino subiu no cocho e se encavalou no lombo do animal, ainda seguro pelo padrasto, que disse:

— Agora segura o cabresto, que eu vou soltar.

O potro foi solto e atirou um pulo para frente. Heliel grudou na crina. No segundo pulo o potro curvou de lado e o menino voou por cima da cabeça dele e foi de cara no chão. Guanambi boquiaberto. O padrasto olhando somente, achando que aquilo não dava para machucar. Heliel levantou com terra no nariz e com os olhos arregalados.

— Monto de novo — disse, como que desafiando o padrasto e não o potro.

— Assim é que eu gosto de ver. Homem de tutano.

O potro já estava parado, olhando para o menino com cara de gozador.

— Bagre — Heliel chamou o animal com um certo tom de choro na voz.

Puxou o potro pelo cabresto e o padrasto segurou novamente. Agora o menino não olhava para ninguém. Só para a cabeça do animal.

— Já vou soltar — a voz do padrasto era dura.

E dessa vez Lupiano deu um tapa na anca esquerda do potro. Heliel segurou feito um macaco. Bagre deu dois pulos para frente e pegou um galope meio macio ao redor do curral. Peão Guanambi soltou uma gargalhada e disse:

— Já amansou o Bagre, Heliel.

O menino estava muito sério, ainda carregando terra no nariz. Rabiscou um olhar para Guanambi. Para o padrasto não olhou. As irmãs e a mãe aproximaram-se do curral. Lupiano disse:

— Viu, Cira, o menino já tá amansando o Bagre.

Mas Heliel achava que o padrasto tinha abusado dele. Tinha sido humilhado. Queria montar no potro só para o peão Guanambi ver. Não queria levar um tombo do potro perto de ninguém mais.

— Vai dar uma volta montado nele agora, Heliel.

O padrasto disse, e o menino achou que aquilo era uma exigência. Lupiano abriu a porteira do curral e Heliel saiu montado no potro. Foi tão longe quanto pôde, sempre conversando com o animal.

— Bagre, já te amansei. Por que você me derrubou perto daquele homem?

Ao voltar para o curral, encontrou somente Guanambi.

— Gostei de ver o peãozinho.

Respondeu com um sorriso, fungando um resto de terra nas narinas. Soltou o potro. Guanambi disse que o animal não o tinha derrubado pela segunda vez porque era amigo dele.

— Mas o senhor viu meu padrasto abusando de mim?

— Ele é durão.

— O senhor não acha que eu devo matar ele?

— Acho que não. Acho que ele quer ver você crescer como um homem de tutano. Cabra forte.

— Foi ele que me tirou da escola. Nem terminei o grupo.

— E não vai estudar esse ano?

— Acho que não.

13

No início de fevereiro Heliel soube que ia voltar para a escola. Ia terminar o quarto ano ao lado da irmã mais nova. A mãe disse:

— Você e a Hosana vão estudar de tarde. De manhã leva o leite em Aldeota e ajuda um pouco aqui.

Heliel sentiu-se contente. Achou que o padrasto não queria que ele estudasse e que a mãe tinha vencido aquele homem daquela vez.

— Então vai estudar, Heliel? — Guanambi perguntou.

— Minha mãe deu um jeito. Mas aposto que aquele meu padrasto não queria deixar.

— Será?

Tempo de muita chuva, e Lupiano tinha aumentado o leite na fazendinha. Podiam fazer até um ou dois queijos. Quando o menino tinha de trabalhar ao lado dele, sentia aquela antipatia calada.

— Vou fazer de você um homem macho. Não quero moloide perto de mim.

Heliel ouvia e não dizia nada. Planejava ir embora de casa mesmo. Ia viver com um tio. Entretanto, frequentando a escola agora, a vidinha ganhava um colorido mais interessante, embora continuasse achando que o padrasto era um grande intruso ali no sítio.

Antes da colheita, Guanambi foi embora para uma fazenda vizinha, onde tinha recebido uma proposta melhor. Ia até tocar uma roça. Heliel estava triste. Gostava de ouvir aquele homem tocando o cavaquinho.

— Mas vou ficar por aqui perto mesmo, Heliel. E a gente ainda vai ver filme de tiroteio juntos de novo.

— Se eu conseguir juntar dinheiro na cata de algodão, o senhor me vende a garrucha?

— Menino, qual a sua ideia?

— Eu gostei daquela garrucha. Aprendi a atirar com ela.

— Você deu uns três ou quatro tiros. Se ela não desse mais tiro, eu até te dava de presente... Você ainda tá com aquela ideia boba de matar o seu padrasto, menino?

Heliel olhou seriamente para Guanambi. Sacudiu a cabeça afirmativamente.

— Pense em estudar, menino Heliel. E virar homem honrado.

— Acho que vou é pra Minas morar com um tio meu. Ou pra Mato Grosso.

— Aí até que pode ser uma outra ideia.

Guanambi se foi e levou o cavaquinho que falava ponteios. Levou a garrucha, que era arma perigosa. Ele dizia que ia vender porque era uma arma tão maldita que costumava matar o dono. Heliel achou que tinha perdido um amigo. Ora, tinham ficado os amigos vizinhos, companheiros mais ou menos da mesma idade. José Francisco e os japonesinhos. Outros companheiros.

José Francisco era companheiro de pescaria, de cinema e de futebol. Amigo de ouvir seus segredos. No seu sítio, tinha feito um campinho de futebol, e Heliel era do time.

— Amanhã tem jogo, Heliel. Vem um time de Aldeota. Não vai faltar.

— É claro que eu vou jogar.

Amanheceu o domingo e o padrasto lhe deu uma tarefa.

Não podia sair de casa antes de jogar no paiol aquele milho que estava amontoado ali no terreiro.

— Você tem de trabalhar no domingo também. Tá estudando e trabalha pouco. Um menino só vira homem no trabalho.

E o padrasto não queria saber se ele tinha jogo ou não. Heliel achava que era assim. Procurava não conversar com o homem. Só reclamava resmungando para si mesmo. Tiniu de raiva. Nunca ia dar conta de jogar aquele milho no paiol até a hora do jogo. Começou a trabalhar com um nó na garganta. E José Francisco apareceu pelas oito horas.

— Vou poder jogar não, Zé Francisco. Seu Lupiano me deu essa tarefa.

E mostrou o monte de milho. Nunca ia dar conta de fazer aquele serviço até as dez horas.

— Vou chamar o time, e a gente acaba com isso logo, Heliel.

Não demorou e todo o time estava trabalhando com inspiração de futebol. Os japonesinhos Kioto também. Lupiano lançou um olhar comprido, montou na mula e foi para Aldeota. O milho foi jogado no paiol rapidamente. José Francisco soltou um grito:

— Piaarrrrou!

Heliel trocou o ódio pela alegria. Era bom demais ter amigos! A mãe deu um biscoito para cada um e saíram tagarelando. Helena e Hosana foram torcer para eles.

— Heliel, a Mariana mandou um beijo pra você — um menino do time de Aldeota disse bem alto.

— Vai tomar banho no barro.

— Lá em Aldeota todo mundo sabe que você vai casar com a Mariana, Heliel. E ela falou isso também. Tá namorando cla? — outro menino disse.

— Que conversa de besta. Vai coçar gato!

— Só tô falando o que escutei.

Mariana tinha mudado para Aldeota, e toda vez que Heliel

via aquela menina, lembrava-se da noite da entrega do diploma. Mariana tinha ficado mais bonita. Nossa! Agora ela até parecia mais graciosa que a professora Anália. As coisas iam mudando nas impressões dele. Mas falar que Mariana era bonitinha de verdade... ia ser uma gozação. Será que aquela menina tinha falado que era namorada dele de verdade? Dava para ficar pensando nisso. Mas logo ele ia embora. Ia perder o sítio e ficar longe da mãe, das irmãs e dos animais. Lupiano até que era homem sabido nos negócios, mas não gostava dele de jeito nenhum.

14

Quando viu a barriga da mãe crescendo, o menino levou um susto que provocou um choque. Sentiu uma pontada de revolta. Meu Deus do céu! A mãe estava grávida! Sabia muito bem, agora, do porquê de a mãe estar grávida. Tinha aprendido coisas com os meninos maiores. Era um filho que ela carregava na barriga. Um filho daquele homem! Onde estava ele que era capaz de aceitar uma coisa daquela? Sentiu as pernas bambas. Queria conversar com alguém sobre aquele problema, mas com quem podia conversar? Ficou triste e amuado, carrancudo. Helena ainda não tinha tocado no assunto com ele e ele esperava que ela puxasse aquele tipo de conversa. Podia perguntar ao amigo José Francisco se a mãe dele estava realmente grávida. Mas isso dava muita vergonha nele.

— Eu devia ter matado ele antes — resmungou, olhando para o córrego.

Acabou criando coragem de perguntar à irmã mais velha:

— A mamãe tá barriguda de neném, Helena?

— É claro que tá. Você não sabia que ela tá grávida? Você vai ganhar mais um irmão.

— Ou uma irmã — Hosana disse ali perto.

Sentiu-se um tanto confuso, querendo se afastar, mas sem saber para onde ir. Saiu meio sem rumo e foi conversar com o potro.

— Viu só, Bagre? Viu só? Meu pai é que ia ficar com raiva.

Achou que devia conversar com os animais sobre o problema. Conversou com o cachorro Sultão, com a cadela Ferinha, com as vacas. Aquilo não podia ter acontecido. Estava, sim, vindo um irmão ou uma irmã. Esse tal neném nem devia nascer. Com o amigo José Francisco, abriu o jogo.

— Você tem um irmão que não é filho do seu pai, né, Zé Francisco?

— Tenho. O Zezito. E você vai ter um, hem?

Iche, Zé Francisco já tinha adivinhado o assunto dele. Agora se remoeu querendo fugir da conversa. Será que o amigo estava adivinhando esse irmão ou irmã que ia nascer? Ou já tinha percebido que a mãe dele estava grávida?

— E você gosta do Zezito que nem irmão puro?

— Claro que gosto, Heliel. Carreguei ele no colo.

José Francisco gostava do Zezito. Iam pescar juntos, e o menor era filho do padrasto. Mas ele jurava que não ia gostar do filho do Lupiano com a mãe.

Num domingo, viu a mãe e o padrasto na praça de Aldeota. A mãe grávida. Lupiano puxando-a pela mão, indo para a igreja. Aquilo dava uma espécie de vergonha, sim. O filho que a mãe carregava na barriga não era filho do pai dele. Como é que a mãe tinha tido coragem? Estava ali embaraçado, esperando o amigo José Francisco. Iam rezar juntos. Quem apareceu num repente foi a menina Mariana. Ia rezar também. Estremeceu. Mariana estava tão graciosa! Devia ter ficado mais bonita porque tinha mudado para Aldeota. Ele achou que estava com vergonha dela. Será que era por causa da mãe ou por timidez?

Mariana veio vindo para o lado dele. Ficou encabulado.

— Oi, Heliel.

— Bom dia.

— Vai na missa?

— Acho que sim.

— Vai estudar no colégio no ano que vem? Tão falando que vão fundar um colégio aqui em Aldeota no ano que vem. Aí a gente pode estudar. Vai não?

— Sei não. Acho que não. Meu padrasto...

— Não vai deixar?

— Acho que não. Pra terminar o grupo tá duro. Minha mãe é que deu jeito.

— Eu vou estudar. Ainda vou ser professora.

E José Francisco vinha chegando com a língua solta.

— Namorando a Mariana, hem, Heliel!

Mariana disse:

— Tchau, Heliel.

Ele se esqueceu de dar tchau para a menina e bronqueou:

— Vai beliscar lombo de boi, Zé Francisco.

José Francisco riu bem alto. Mas Heliel ficou observando Mariana caminhar para a igreja. Estava danada de bonita, sim! Resolveu ir para a igreja com o amigo, embora preferindo ficar nas ruas.

15

No mês de outubro, o neném nasceu. Foi numa tarde de quarta-feira. Ele e Hosana estavam na escola. Vó Sinhana tinha trabalhado de parteira. Quando estavam chegando à casa do sítio, Helena apareceu agitada:

— Já nasceu o neném, meninos. É homem. Pra pescar com você, Heliel.

— Quero ver — Hosana disse.

— É lindo, Hosana!

Hosana pulou do cavalo imediatamente e correu para o quarto onde estava a mãe. Heliel sentiu-se meio paralisado em cima do cavalo. Então tinha nascido e era bonito? Ouviu o padrasto assobiando para os lados do curral. Depois ele cantarolou uma cançãozinha de carnaval:

Aquilo não era tempo de carnaval. Que coisa! Pulou do cavalo e ficou pensativo ao lado do animal. Achava que tinha acontecido um pecado ali no sítio. Deus devia não estar gostando. Um irmão! Meio-irmão somente? Ou irmão inteiro? Será que ia parecer com ele quando crescesse? Pescar com ele? Jogar futebol juntos? Era muito pequeno. Nem sentia vontade de ver aquele tal irmão. Nem queria. Só queria mesmo ir embora de casa. Ia, sim, para Minas. Ou para Mato Grosso. Sentia que estava começando a virar homem.

Puxou os cavalos para a casa das tralhas e começou a desarreá-los. Na certa, as irmãs estavam no quarto fazendo festa para o neném que nem abria os olhos ainda. E ele ali, sem querer vê-lo. Lembrou-se de Mariana. Se fosse capaz de contar seus sentimentos àquela menina, o que será que ela ia dizer? Mariana... Agora ela estava, sim, mais bonita que a professora Anália. Ah, professora Anália também tinha se casado e era até mãe agora. Será que iam mesmo botar um colégio ali em Aldeota para os meninos pobres estudarem? Só os que podiam iam estudar fora. E Mariana ia estudar mesmo e virar professora? Se Mariana virasse mesmo professora, ia ficar mais bonita ainda... E na certa ia casar com outro. Ele ia ser somente trabalhador do sítio. Ia terminar o primário naquele ano e tinha certeza de que se botassem um colégio do governo em Aldeota, o padrasto não ia deixá-lo estudar de jeito nenhum. Ia ficar para trás dos colegas. E de Mariana.

— Heliel, já foi ver o seu irmãozinho?

Levou um susto e esqueceu Mariana. Era o padrasto com uma voz mais grossa ainda.

— Não, senhor.

O padrasto não disse mais nada. Afastou-se assoviando e foi tratar dos porcos que engordavam. Daí o menino soltou os cavalos e entrou na casa como se estivesse carregando muito peso.

— Vem ver o neném, Heliel. É rosadinho — Hosana disse.

Primeiro ele foi à cozinha e bebeu água. Helena o puxou pelo braço e o levou para o quarto. Rabiscou um olhar sobre a mãe com a cabeça num travesseiro alto. Vó Sinhana ali perto. Um prato vazio, no qual a mãe tinha comido sopa de frango, ainda estava sobre uma mesinha.

— Agora você tem um companheirinho, Heliel — vó Sinhana disse.

A mãe observava o filho atentamente.

— Olha que lindinho, Heliel — Helena disse.

Heliel contemplou a criança. Rangeu os dentes. Não disse nada e saiu logo. Vó Sinhana achava que ele estava com ciúme de alguma coisa.

Agora tinha um irmão. Entretanto, achou que não devia considerar aquele pequenino irmão nenhum.

Filho daquele homem que tinha olhos de lobo da neve que ele tinha visto no cinema.

Lupiano estava alegrão da vida. O choro do neném era coisa normal para ele. Nem perturbava. Heliel ouviu uma conversa dele com a mãe.

— Ele deve chamar Henrique, Cira. Assim, os quatro ficam com nome começado com "h".

— Você é quem sabe, Lupe. Eu gosto desse nome.

— Se você quiser arranjar outro começado com "h", pode.

— Não. Fica Henrique mesmo.

Agora tinha um irmãozinho chamado Henrique. Mas não queria olhar bem para ele. Logo as irmãs estavam com ele nos braços. Helena sentava com ele no colo na varanda da cozinha e cantava:

Nã-na-naninha...

Heliel passava e rabiscava os olhos. Não ia pegar aquele menino. Carregar no colo? Que nada! Ia é embora de casa. De-

pois podia voltar quando virasse rapaz feito. Voltar para casar com Mariana? Que coisa meio boba era pensar tudo aquilo. Ficar por ali, não. Então, ia funcionar mesmo um colégio público em Aldeota no ano seguinte? Se acontecesse uma coisa daquela, sua cidadezinha ia ficar importante, mas ele tinha certeza de que não ia estudar. O padrasto nunca ia permitir. Costumava dizer que homem tinha de ser "bicho macho do murro duro". Mas estudar ia ser bom. Na certa, Mariana ia ficando cada vez mais bonita com o passar do tempo no estudo.

O fim do ano vinha chegando e a fundação de um colégio do governo em Aldeota ganhava mais e mais comentários. Adolescentes que queriam estudar já estavam até se preparando psicologicamente. Sonhando. Heliel até achava que as irmãs podiam estudar. Isso o padrasto ia permitir. Mas ele, não. O amigo José Francisco apareceu com a vara de anzol e a latinha de iscas.

— Eu vou estudar, Heliel, e você?

— Sei lá, não. Sabe como é que é...

— O quê?

— Hã... Aquele homem não vai deixar. — E apontou para o padrasto que tocava as vacas para o curral.

José Francisco mudou de assunto.

— A Mariana te mandou um beijo.

— Ah...

16

A Mariana tinha lhe mandado beijo nenhum. Aquilo só podia ser invenção do José Francisco. Mas dava para ficar pensando com o sentimento. Os olhos dela pareciam bolinhas de gude claras, brilhantes.

Agora vinha chegando o fim de ano e tinham de se preparar para a festa do diploma. Dava até um gostinho de importância nele. Mariana podia ver que ele também estava tirando o diploma primário... Só não devia continuar estudando. Recebeu a tarefa de participar da festa declamando um poema.

— Você vai declamar a "Canção do Exílio" de Gonçalves Dias, Heliel.

— Eu, professor Felício?!

— Você sim, tem a voz boa.

E Hosana também ia declamar poesia. Um não ia poder rir do outro. Só se um errasse e o outro não. José Francisco tinha lido o discurso com alguma tremura e gagueira. E agora era a vez dele.

Numa daquelas tardes de fim de ano, quando estavam na classe, aconteceu um foguetório em Aldeota. Professor Felício disse que era uma festa para o colégio que a cidadezinha tinha ganhado.

— E eu quero todo mundo dessa sala estudando. Ouviram?

— Certo, professor.

Havia clima de festa na cidade, e quando os alunos saíram da escola, uma banda de música tocava no largo da igreja. Heliel viu Mariana de longe. Não se aproximou nem para estudar no rosto dela se ela tinha mesmo lhe mandado um beijo. Agora tinha que decorar aquele poema.

Escolheu o fundo do quintal para decorar e declamar o poema:

Minha terra tem palmeiras
onde canta o sabiá.
As aves que aqui gorjeiam
não gorjeiam como lá.

O padrasto tinha ido arrancar um pé de mandioca e ouviu aquela declamação. Aproximou-se um pouco pisando de macio. Heliel declamava alto e fazia gestos. Lupiano observando. Depois afastou-se devagarinho, balançando a cabeça afirmativamente. Foi jogar mandioca para os porcos de engorda.

— O Heliel tá lá no fundo do quintal, todo entusiasmado, Cira. Declamando bonito pra diacho.

— E a Hosana ali na sala, declamando pra Helena ouvir.

— A festa deles vai ser bonita.

Heliel achava que só os passarinhos e o cachorro Sultão que estava ali perto dele tinham ouvido... Se tivesse visto o padrasto, na certa teria ficado até entalado com a própria voz. Caminhou vagarosamente para casa. Mariana ia vê-lo declamando. Não podia errar.

— Heli, já decorei a minha poesia. Escuta.

Minha terra é muito linda,
tem galas, encantos mil.
O céu não cobriu ainda
terra melhor que o Brasil.

— Eu também já decorei a minha.

E declamou. A mãe já estava ali perto com Henrique nos braços.

Fim de ano. A festa. O professor instruindo sobre a declamação. Duas canções. A festa ia ser num sábado à noite, no cinema. Heliel bem-vestido, nervoso. Mariana se aproximou:

— Com quanto você passou, Heliel?

— Oito vírgula sete.

— Ih, nota mais alta que a minha no ano passado, hem, danado.

Ele a observou e achou que ela estava, sim, com cara de menina que tinha mandado um beijo para ele. Ou era engano? José Francisco gostava de inventar coisas. Era pescador e sempre exagerava os casos que contava.

— E agora, no ano que vem o colégio, hem, Heliel?

— É.

— Será que a gente vai ficar na mesma classe como no terceiro ano?

— Sei não.

— Tomara. É que tem gente desconhecida em Aldeota. A gente já tem a nossa turma.

— É mesmo.

— Só quero ver você declamar. Não vai errar, não, ouviu?

— Certo.

Com o cinema cheio daquele jeito dava até um medinho besta. Mariana ali... Bonitinha... Puxa vida! E falando no colégio. E ele nem ia estudar. Tinha certeza.

Hosana declamou primeiro. Fez bonito. Quando chegou a vez dele, sentiu a boca seca. Até parecia que estava flutuando.

Subiu no palco com medo de cair. O diacho das pernas bambeavam e tremiam, mas os versos saíram com força. Ganhou palmas fortes até do padrasto. A mãe ficou orgulhosa dele.

E depois da festa o sítio, as chuvas, o serviço. Janeiro chuvoso. Aldeota começava uma nova época. Ia dar mais estudo aos seus adolescentes. Lupiano chegou à varanda da cozinha e disse:

— Já matriculei vocês três no colégio. Quero que vocês estudem. Estudo vale mais que ouro.

Estavam todos ali. Caía uma chuvinha carinhosa. Heliel olhou para o padrasto e pensou na menina Mariana. Depois olhou para o pequeno Henrique pendurado na teta esquerda da mãe. O irmãozinho ia ficando mais bonito.

O primeiro dia de aula no colégio foi alegria assanhada. Mariana com aquele jeitinho de ter mandado, sim, um beijo para ele. Mas José Francisco era mentiroso... Ele e as irmãs vol-

taram para o sítio tagarelando. Depois de soltar os cavalos, Heliel entrou no quarto onde o irmãozinho dormia num cesto.

— Henrique, Henrique — chamou e sorriu.

Foi para o terreiro da cozinha. O padrasto vinha dos lados dos currais com um chapéu de palha na cabeça, ao lado da mãe.

— Acho que nesse ano ainda eu vou comprar um automóvel. Esse tal de fusca. O Heliel vai aprender a guiar logo. Aprende não, Heliel?

— Aprendo, sim.

Daí observou melhor os olhos do padrasto. Ele não tinha olhos de lobo mau da neve. Mas olhos de um cachorro amigo. Que nem o Sultão.

Nasci em 1943, no município do Prata, lugar meio sertão no Triângulo Mineiro. Parecia longe de tudo.

Lá, os homens eram lavradores, peões do gado, tropeiros, carreiros do carro de boi, caçadores de mil histórias, pescadores de mil mentiras. Meu pai era um deles. Por esporte e paixão, caçador. Era no tempo de muita caça e de falta de consciência para a proteção da fauna.

Vivi em certas fazendas e fui menino caçador. Depois, passei para o lado dos bichos. Cresci em um mundo sem cultura livresca e lavrei muitas roças. Senti emoção por literatura num ambiente sem livros e me descobri andando atrás de leitura. Acabou tornando-se necessidade de escrever.

Do Triângulo Mineiro pulamos para o estado de São Paulo. Duas cidades pequenas naquele tempo, Riolândia e Cardoso, marcaram a minha passagem. Em Cardoso, criei raízes sentimentais. Ali fiz o primário e o antigo ginásio. Depois me mandei para a capital paulista, onde estudei Letras na Universidade de São Paulo.

Em Brasília, moro desde 1978, lecionando e escrevendo. *Surpresas da vida* é uma história que vem me emocionando desde menino. Nasceu da observação dolorida sobre meninos que perderam o pai.

COLEÇÃO JABUTI

4 Ases & 1 Curinga
Adeus, escola ▼◆🗐☒
Adivinhador, O
Amazônia
Anjos do mar
Aprendendo a viver ◆⌘■
Aqui dentro há um longe imenso
Artista na ponte num dia de chuva e neblina, O ✻★⌗
Aventura na França
Awankana ✎☆⌗
Baleias não dizem adeus ✻🕮⌗○
Bilhetinhos ✪
Blog da Marina, O ⌗✎
Boa de garfo e outros contos ◆✎⌘⌗
Bonequeiro de sucata, O
Borboletas na chuva
Botão grená, O ▼✎
Braçoabraço ▼⚐
Caderno de segredos ❑◎✎🕮⌗○
Carrego no peito
Carta do pirata francês, A ✎
Casa de Hans Kunst, A
Cavaleiro das palavras, O ★
Cérbero, o navio do inferno 🕮☑⌗
Charadas para qualquer Sherlock
Chico, Edu e o nono ano
Clube dos Leitores de Histórias Tristes ✎
Com o coração do outro lado do mundo ■
Conquista da vida, A
Contos caipiras
Da costa do ouro ▲⌗○
Da matéria dos sonhos 🕮☑⌗
De Paris, com amor ❑◎★🕮⌘☒⌗
De sonhar também se vive...
Debaixo da ingazeira da praça
Delicadezas do espanto ✪
Desafio nas missões
Desafios do rebelde, Os
Desprezados F. C.
Deusa da minha rua, A 🕮⌗○
Devezenquandário de Leila Rosa Canguçu ✈
Dúvidas, segredos e descobertas
É tudo mentira
Enigma dos chimpanzés, O
Enquanto meu amor não vem ●✎⌗
Escandaloso teatro das virtudes, O ✈☺
Espelho maldito ▼✎⌘
Estava nascendo o dia em que conheceriam o mar
Estranho doutor Pimenta, O
Face oculta, A
Fantasmas ⌗
Fantasmas da rua do Canto, Os ✎
Firme como boia ▼⌗○
Florestania ✎
Furo de reportagem ❑✪◎🕮⚐⌗
Futuro feito à mão
Goleiro Leleta, O ▲
Guerra das sabidas contra os atletas vagais, A ✎
Hipergame ✍🕮⌗
História de Lalo, A ⌘
Histórias do mundo que se foi ▲✎✪
Homem que não teimava, O ◎❑✪⚐○
Ilhados
Ingênuo? Nem tanto...
Jeitão da turma, O ✎○
Lelé da Cuca, detetive especial ☑✪
Leo na corda bamba
Lia e o sétimo ano ✎■
Liberdade virtual ✎
Lobo, lobão, lobisomem
Luana Carranca
Machado e Juca †▼●☞☑⌗
Mágica para cegos
Mariana e o lobo Mall 🕮⌗
Márika e o oitavo ano ■
Marília, mar e ilha 🗐✑✎
Mataram nosso zagueiro
Matéria de delicadeza ✎☞⌗
Melhores dias virão
Memórias mal-assombradas de um fantasma canhoto
Menino e o mar, O ✎
Miguel e o sexto ano ✎
Minha querida filhinha
Miopia e outros contos insólitos
Mistério de Ícaro, O ✪⚐
Mistério mora ao lado, O ▼✪
Mochila, A
Motorista que contava assustadoras histórias de amor, O ▼●🗐⌗
Muito além da imaginação
Na mesma sintonia ⌗■
Na trilha do mamute ■✎☞⌗
Não se esqueçam da rosa ♠⌗
Nos passos da dança
Oh, Coração!
Passado nas mãos de Sandra, O ▼◎⌗○
Perseguição
Porta a porta ■🗐❑◎✎⌘⌗
Porta do meu coração, A ◆⚐
Primavera pop! ✪🕮⚐
Primeiro amor
Que tal passar um ano num país estrangeiro?
Quero ser belo ☑
Redes solidárias ◎▲❑✎⚐⌗
Reportagem mortal
Riso da morte, O
romeu@julieta.com.br ❑🗐⌘⌗
Rua 46 †❑◎⌘⌗
Sabor de vitória 🗐⌗○
Saci à solta
Sardenta ☞🕮☑⌗
Savanas
Segredo de Estado ■☛
Sendo o que se é
Sete casos do detetive Xulé ■
Só entre nós – Abelardo e Heloísa 🗐■
Só não venha de calça branca
Sofia e outros contos ☺
Sol é testemunha, O
Sorveteria, A
Surpresas da vida
Táli ☺
Tanto faz
Tenemit, a flor de lótus
Tigre na caverna, O
Triângulo de fogo
Última flor de abril, A
Um anarquista no sótão
Um balão caindo perto de nós
Um dia de matar! ●
Um e-mail em vermelho
Um sopro de esperança
Um trem para outro (?) mundo ✖
Uma janela para o crime
Uma trama perfeita
Vampíria
Vera Lúcia, verdade e luz ❑◆◎⌗
Vida no escuro, A
Viva a poesia viva ●❑◎✎🕮⌗○
Viver melhor ❑◎⌗
Vô, cadê você?
Yakima, o menino-onça ♘✍○
Zero a zero

★ Prêmio Altamente Recomendável da FNLIJ
☆ Prêmio Jabuti
✻ Prêmio "João-de-Barro" (MG)
▲ Prêmio Adolfo Aizen - UBE
✑ Premiado na Bienal Nestlé de Literatura Brasileira
☛ Premiado na França e na Espanha
☺ Finalista do Prêmio Jabuti
♘ Recomendado pela FNLIJ
✖ Fundo Municipal de Educação - Petrópolis/RJ
✪ Fundação Luís Eduardo Magalhães
● CONAE-SP
⌗ Salão Capixaba-ES
▼ Secretaria Municipal de Educação (RJ)
■ Departamento de Bibliotecas Infantojuvenis da Secretaria Municipal da Cultura/SP
◆ Programa Uma Biblioteca em cada Município
❑ Programa Cantinho de Leitura (GO)
♠ Secretaria de Educação de MG/EJA - Ensino Fundamental
☞ Acervo Básico da FNLIJ
✈ Selecionado pela FNLIJ para a Feira de Bolonha
✎ Programa Nacional do Livro Didático
🕮 Programa Bibliotecas Escolares (MG)
✍ Programa Nacional de Salas de Leitura
🗐 Programa Cantinho de Leitura (MG)
◎ Programa de Bibliotecas das Escolas Estaduais (GO)
† Programa Biblioteca do Ensino Médio (PR)
⌘ Secretaria Municipal de Educação/SP
☒ Programa "Fome de Saber", da Faap (SP)
⚐ Secretaria de Educação e Cultura da Bahia
○ Secretaria de Educação e Cultura de Vitória